藍染袴お匙帖

恋指南

藤原緋沙子

双葉文庫

目次

恋指南

藍染袴お匙帖

第一話　長屋の梅

一

まだ寒さが残っているとはいえ、暦上《こよみじょう》では春である。

神田川《かんだがわ》沿いにある堤には、枯れ色の草の中から柔らかな緑が顔を出し始めていた。

「千鶴《ちづる》先生、こちらへ。早く！」

薬箱を持ったお道《みち》が、手招いてせき立てる。お道は狙い通り蕗《ふき》の薹《とう》を見つけたようだ。早速腰を落として摘《つ》みはじめた。

「まあ、いっぱいあるじゃない」

近づいて側に立った桂《かつら》千鶴も、お道の手元を見て歓声を上げた。

世間からは腕利きの女医師とその弟子と見られていても、まだ二人とも嫁入り前の娘である。

仕事から離れれば、どこにでもいる無邪気な若い女と変わりはない。

往診の帰りに立ち寄った初春の堤で、二人は声を弾ませて蕗の薹を摘み始めた。

川風はまだ襟足《えりあし》に冷たいが、日差しはいくぶん柔らかいような気がする。夢中で摘み菜を探していると、朝からの激務も忘れるようだった。

なにしろ二人は、今朝早々に日本橋の両替商『上総屋《かずさや》』の手代に叩き起こされて、往診に行ってきたその帰りだった。

患者は上総屋の息子だった。友人と徹夜で酒を呑み、あげくにつまらないことで喧嘩をして転倒し、手をついた拍子に手首を尖《とが》った石でしたたかに切ったとかで、出血著しく、上総屋では大変な騒ぎになっていた。

千鶴の治療院に手代が飛んで来たのも、このままだと命に関わると大あわてだったからだ。

それで千鶴は、お道をお供に朝食もとらず駆けつけたのである。

少し大げさではないかと思ったが、傷は意外に深かった。そこで千鶴は、息子の手首の傷を消毒して止血し、縫合して薬を飲ませたのだが、一通りの治療を施すと昼になっていた。

上総屋はさすがにほっとしたらしく、豪華な昼食を出してくれて、三十両もの薬礼を差し出した。

薬礼にはピンからキリまであって、御殿医《ごてんい》など有名な医師に診て貰った時には計り知れない薬礼をする人たちもいる。

上総屋は日本橋の大店《おおだな》両替商だ。三十両など何ほどのこともない。千鶴は上総屋の厚意を遠慮なく受けた。

日頃、金の無い者たちから薬礼をとっていない千鶴にすれば、思いがけない穴埋めになるからだ。

ともあれ、三十両もの金が懐《ふところ》にあることが、千鶴の気持ちをうきうきさせていた。

お道もむろん同じ気持ちで、神田川まで帰ってきたところで、蕗の薹を摘んで帰ろう、そしたらお竹《たけ》さんが喜ぶからなどと声を弾ませて言い出したのだった。

向かったのは、柳原土手《やなぎわらどて》にある清水山という小さな岡になっているところだった。

そこには洞穴があり、清水が湧き出していて、近辺には蕗の薹がきっと生えているに違いない。一度行ってみたいと思っていたところだとお道が言うので立ち寄ったのだが、なるほど予想した通り、おびただしい数の蕗の薹が芽を出していた。

ただこの辺りは、何が原因でそんな風評がたったのかわからなかったが、むやみに入ると災いや祟《たた》りがあるといわれていて、近隣の武家屋敷の者たちが馬の草を刈りに来ても、ここだけは敬遠していく。不吉な場所とされていた。

その原因は、清涼なわき水の出る貴重な場所を、むやみに荒らされないためだったのではないのかと千鶴は思っている。

とはいえ草むらの中に踏み込むと、人の入った形跡がない分、ちょっと薄気味が悪いのは悪い。

ところがお道は、

「悪いことしている訳ではないんですもの、そうでしょ。清水の神様も蕗を摘んで食べてくれたらって、きっと喜んで下さるにきまってます」

自分勝手に理屈をつけて、夢中で手を伸ばしている。

「あら、セリもある」

千鶴も声を弾ませて、見つけたセリも摘んでいく。

まもなく二人は両手に余るほどの蕗の薹とセリをとった。

お道は、携帯している木綿の布袋に二人が収穫した春菜を放り込んだ。そして互いに見合わせ満足した顔で微笑《ほほえ》んだ。その時である。

「あっ、へび！」

千鶴が突然お道の足下を指して叫んだ。

「きゃ！」

お道は、薬箱も草むらに置いたまま、一方の土手の上に走り上がった。だが、摘み菜の袋だけはしっかりと抱えている。

「やだ、あはは、ふふふ」

千鶴は腹を抱えて笑い転げた。

「先生、私をからかったんですね」

遠くからお道が頬を膨らませて叫ぶ。今にも泣きそうなお道である。

とにかくお道はへびが嫌いだった。いつだったか夏の頃、よもぎを摘みに行った時にへびを見て、恐怖のあまり大泣きをしたことがある。

千鶴はそれを思い出してからかったのだが、お道が置いていった薬箱をつかんだその時、ふいに草の中で音を立てて何かが蠢《うごめ》いた。

「わっ！」

今度は千鶴が声を上げてお道のいる方に走った。

「やだ、先生。とかげです、今のはとかげ」

今度はお道が笑い転げた。

「ああ、いい香り。これだけあればてんぷらも出来るし、おひたしにも」

お道と千鶴は、摘み草の入った袋を交互にくんくん嗅ぎながら、元気よく土手から柳原の通りに下りた。

久しぶりに子供の頃に戻った気分。ところがそこで、

「やあ、やっぱり千鶴先生でしたか」

歩き出したところに声をかけられた。

近づいて来たのは、牢同心の有田万之助《ありたまんのすけ》だった。

千鶴は藍染川《あいぞめがわ》沿いの若原道有《わかはらみちあり》屋敷跡に治療院を開いているが、小伝馬町《こでんまちよう》の牢屋敷から要請があれば診察に出向いている。

主に女牢部屋にいる囚人たちの診察なのだが、必要なときに連絡が来る。その連絡役が、いま目の前に歩んできた有田万之助だった。

「めずらしいところでお会いしましたね」

千鶴は、少しどぎまぎして笑みをつくった。禁忌の場所に足を踏み入れたのを見られていたのではないかと思ったのだ。

「近くに所用があったのです。帰りには先生のところにもお伺いしようと思っていました」

「何か……」

千鶴はほっとして、人の良さそうな万之助を見返した。

「お勝《かつ》を診てやってほしいのです」

「お勝さん？」

千鶴は、袴についた埃《ほこり》をぱたぱたと払い落としながら聞き返した。

お勝とは、女牢の牢名主のことである。

現在小伝馬町の女牢には、二十三人が入っているが、それを束ねているのがお勝という女だった。

「ええ。このところ、体のあちこちが痛くて辛抱出来ないなどと弱気な事を訴えまして、しかも千鶴先生じゃなきゃあたしの病は治らないなんて言うものですから、先生の都合がついたところでお願いしたいと思いましてね。何、急ぎはしません」

「わかりました。一度帰りましてから参ります」

「じゃあ、よろしく」

万之助は右手をひょいと上げると、くるりと背を向けて帰って行った。


千鶴が小伝馬町の牢屋に入ったのは夕七ッ（四時）過ぎだった。

丁度囚人たちが夕食を済ませたところだというので、鍵役《かぎやく》の蜂谷吉之進《はちやよしのしん》、下男《しもおとこ》の重蔵《しげぞう》と一緒に女牢に向かった。

鞘土間《さやどま》に入ると、賄《まかな》い掛かりの同心が、下男を従えて歩いて来た。

牢内の食事は盛相飯《もっそうめし》と呼ばれる。差し渡し三寸（九・一センチ）、深さ二寸六分（七・九センチ）の椀に飯が盛られ、それに香の物と汁が出るが、これらは賄い掛かりが桶《おけ》に入れて牢内に運び込み、囚人たち自身で仕分けて食することになっている。

鞘土間には、味噌汁《みそしる》の匂いが立ちこめていたが、これは牢内独特の味噌の匂いで、囚人用に調達した安い味噌に違いなく、食欲をそそる香りとはとても言えない。

女牢は西の揚り屋《あがりや》が当てられているが、ここにも同じ味噌の匂いが立ちこめていた。

ちなみに揚り屋は、西の牢にも東の牢にも二つずつあり、通常身分の低い武士、陪臣の者、及び身分の低い神官僧侶が入ることになっているが、そういう身分の者が四つある揚り屋全部に入ることはなく、西の揚り屋の一つは女牢として使われている。また、東の揚り屋のひとつは、遠島の刑を受けた者たちの牢になっていた。

身分の高い武士や神官僧侶などは、揚り座敷と呼ぶ別の牢があり、千鶴がそこに足を運ぶことはこれまでにはなかった。なにしろ千鶴の治療は、女牢に限っていて、それも不定期での診療だった。

千鶴たちは、女牢の前の鞘土間に立った。

すると、重蔵が牢内を覗くようにして、

「お勝、千鶴先生だ」

中に呼びかけると、

「へーい」

内から声が応じた。

『脇の隠居』と呼ばれ、牢名主の次に幅をきかす女である。

その女が、お勝の手をとらんばかりにして鞘の側までやって来た。

蜂谷吉之進が鍵を開けると、お勝が一人で女牢の外に出てきて、脇の隠居は奥に引っ込んだ。

お勝は、重蔵が縁台の上に敷いた茣蓙《ござ》の上に横になると、千鶴を見上げた。青い顔をしていた。いつもの目の光がなかった。

千鶴は重蔵に頷いて、外鞘のところまで下がらせた。そしてお勝の額に手を当て、舌を出させ、脈をとった。

「痛いというのは何処《どこ》……」

千鶴が尋ねると、

「こっちの腰から下にかけてずっとですよ。足の甲までうずくことがあるから眠れやしない」

千鶴は丹念にお勝の腰から下を指で押した。

「あいてて、痛いよ、先生」

お勝の症状は、どうやら神経痛らしく、命にかかわるようなものではない。ただ、放って置くと症状は悪くなる。

「痛み止めのお薬を出しておきますからね。出来るだけ足を動かすようにしないと動けなくなりますよ」

「ったく、このお勝も焼きが回ったということですかね。昔このあたしと同じような痛みを訴えた女がいたんですがね、結局起き上がれなくなっておっちんじまいましたよ。先生、あたしはあの女のようになるんでしょうかね」

「まさか神経痛で命を落とすことはないでしょうが」

千鶴は笑ったが、あとの言葉を呑み込んだ。

ここは外の暮らしではない。制約を受けての牢暮らしである。しかも滋養のある食事とは縁が薄く、精神的にもたいへんな打撃を受け続けている。

病の始まりがただの神経痛でも、それは精神をも含めた病とみるべきで、やがて運動能力を失っていくと同時に食欲も削がれて、それが今度は、別の深刻な病を呼び起こして命をとられてしまうことだってある。

一般の、未決囚でさえそういう状況なのだから、お勝のように永牢（終身刑）を申し渡され、死ぬまでここで暮らすことになった者が、長寿でいられたためしがない。千鶴はそう聞いている。

「先生、正直だねえ、あたしにどう返事したものか困ってんでしょ。いいんですよ、あたしにはわかってるんですから。こんなところに暮らしていては長生き出来ないってね」

お勝は投げやりな声で呟くと、

「近頃じゃあ昔のことが頭にちらちらしてね。せめて娘が無事で暮らしているかどうか、それだけは知りたいものだと、祈ってるんでございますよ」

「お勝さん、娘さんがいたんですか」

千鶴は驚いた。

お勝は子殺しの罪で入っているときいている。もっとも、詳しい話は聞いてはおらず、お勝に他に子がいても不思議はない。

「一人ね、あたしと血の繋がってる娘が一人いるんですよ」

お勝は言った。女囚たちを威圧する貫禄は、すっかり影を潜めている。

「でもここに来て七年ですからね。七年も会ってないんです」

「そう……」

「先生、実はあたし、先生に頼みたいことがあって、それで……」

きっと見上げたお勝は、千鶴の腕をつかんで自分の方に引き寄せると、すばやく紙に包んだ物を袂《たもと》からつかみ出して千鶴の手に握らせた。

そして縋《すが》るような目を千鶴に向けた。

千鶴の手にあるものは、その感触から銭金だと察せられた。

咄嗟《とっさ》に千鶴は押し返そうとした。だがお勝は、強い力で千鶴の二の腕を押し返した。

お勝が千鶴の手に握らせた銭金は、ツルと呼ばれる囚人たちが入牢の際牢名主に差し出した金である。

そんな銭金は、何の頼みかしらぬが、手に取ることさえ憚《はばか》られる。第一、囚人が病気以外のことで医者に頼み事をするなどということは御法度《ごはっと》である。

千鶴は、ちらりと吉之進と重蔵に目を遣った。見ていれば咎《とが》められる所業である。

だが二人は、外鞘から庭を眺めながら何か話して笑っていた。お勝と千鶴の話を聞いた様子はなかった。

「娘の暮らしを見てきて頂けませんか、一度だけでいいんです。そしてこのお金を渡してやってくれませんか」

お勝は囁《ささや》いた。真剣な顔だった。娘という言葉を発した途端、光を失っていた目の奥に、切羽《せっぱ》詰まったような哀しげな色が浮かんだ。

千鶴は静かに頷いた。それは鍵役の吉之進にも重蔵にも気づかれぬような小さな頷きだった。

お勝と問答しているうちに吉之進や重蔵に気づかれて、お勝は厳しいお咎めを受けるかもしれない。千鶴はそう思ったのだ。

「おありがとうございました。先生に診て頂いてほっと致しました」

千鶴の頷くのを見たお勝は、大げさに頭を下げた。

二

「おありがとうございます」

頭を下げたお勝の顔が、小伝馬町の牢屋敷を出ても千鶴の頭から離れなかった。

薬包紙が切れているのを思い出して、通油町《とおりあぶらちょう》の紙屋『錦屋《にしきや》』に回り道をして向かったが、千鶴の心は晴れなかった。

千鶴は、女牢から引き上げて当番所に立ち寄った時に、有田万之助から聞いた話が頭を離れなかったのだ。

それは一年前の話だった。

産まれたばかりの将軍様の御子《みこ》が亡くなり、恩赦《おんしゃ》が行われたが、その時万之助が、

「今度はお勝、お前もおゆるしを受けて娑婆《しゃば》に出られると思ったのだが残念だったな」

そんな話をしたところ、お勝は、

「恩赦なんて結構。あたしはね、ここで年取って死ぬ、一生やっかいになると決めたんだから、出て行けって言われたって出ていかないよ」

そう嘯《うそぶ》いたというのである。ところが、

「そんな強がりばかり言っていたお勝が、近頃ではすっかり弱気になって」

万之助はそう言って苦笑していたが、娘の暮らしを知りたいと千鶴に必死に頼んできたお勝が、なぜそのような事を言っていたのか不思議だったのだ。

千鶴は万之助に、お勝が永牢になった罪とは、どういう事情だったのか聞いてみたが、

「詳しいことは我々にはわかりません」

万之助はすまなさそうにそう言った。

お勝が罪を犯した背景を牢同心が知らないのは当然だった。牢同心は入牢している囚人たちの監督や世話が仕事で、罪科の詮索も取り調べにもいっさい関わることはない。

それにしても、お勝は子殺しの罪である。すぐさま斬首《ざんしゅ》に処せられても不思議はないが、永牢となっている。

情状酌量《じょうじょうしゃくりょう》の裁決が下るには、それなりの理由があった筈だ。それがわかればお勝の変わりようもわかるというものだ。

——一度調べてみたい。

千鶴はそう思った。だが、千鶴の思考はそこで止まった。

訪ねる紙屋の錦屋は目の前だったが、幾人もの人たちが「土左衛門《どざえもん》だ」と口走り、緑橋袂に集まって行く様子が目に止まったからだった。

千鶴は錦屋の前を素通りして、野次馬の群れる橋の袂に向かった。

緑橋は通油町と通塩町《とおりしおちょう》を結ぶ浜町堀《はまちょうぼり》に架かる橋だが、その河岸に岡っ引の姿や同心の姿が見える。横たわっている男を検視しているようだった。

「あら、あれは」

同心は浦島亀之助《うらしまかめのすけ》で岡っ引は猫八《ねこはち》だった。猫八は腕を捲《まく》り上げて十手であそこを差し、ここを差しなどして、亀之助に話しているようだった。

千鶴は河岸に下りて行った。

「これは千鶴先生、良いところに来て頂きました」

神妙な声で猫八が見迎える。

「お願いします。私が見たところでは、どうやらただの土左衛門ではない。殺されて堀に投げ込まれたのじゃないかと」

亀之助は千鶴に土左衛門の喉元を指して言った。

青白くなった死人の首に、くっきりと指の痕《あと》があった。

千鶴は頷いて、さらに死人の胸や腹を探った。他にも死因となるようなものはないか確かめるためである。

ざっと診たところ懸念するような傷はなかった。だが、指先を帯と腹の間に差し込んだ時、手に何かが触った。

「……」

慎重にひっぱって取り出してみると、小さな薬籠《やくろう》だった。横一寸、縦が一寸半ぐらいの小さなものだった。しかも上物の漆塗《うるしぬ》りである。

「先生……」

亀之助と猫八が険しい顔で千鶴の手元を覗き込んだ。

千鶴は薬籠の蓋《ふた》を開けて中の物を掌に取り出した。黒い塊《かたまり》が入っていた。匂いを嗅いで、

「何かの動物の黒焼きのようですね……」

呟きながら、ふと蓋の裏を見て、

「源八《げんぱち》……」

朱の色で記してある人の名を読んだ。

「源八、するとこの男が源八？」

「多分ね。この薬籠で当たってみれば身元ははっきりするのではないですか」

千鶴は、薬籠を亀之助に渡した。

「ありがたい、さすが千鶴先生だ。ところで、この男はいつ頃殺されたのかわかりますか」

亀之助は、死人の眉の濃い小太りの男を見下ろして言った。年は二十代半ばかと思える。

「殺されたのはきっと昨夜でしょうね。殺されてから堀に投げ込まれた、水を飲んでいませんから、そう思います」

千鶴は死体の側から立ち上がった。

「ようし、きっと犯人を捕まえてやる。猫八、腹を据えてかかろう」

亀之助が力んで見せると、

「あっしはいつも腹を据えてます。なんとか旦那にちゃんとした定町廻りになって貰いたい、その一念ですから。このままいったら、また旦那は定中役《じょうなかやく》に後戻りだ」

「あら、そんな話になってるんですか」

千鶴は驚いて訊いた。

なにしろ、決まったお役のない定中役から、やっと定町廻り見習いになったばかりの亀之助である。

見習いなどというものは、同心としてもう薹の立った亀之助のような者は普通やらされない。まだ若く、これからひとかどの同心として育って貰うために新任の同心がつく役目である。

ところが亀之助は、三十近い年頃になっていても、必死に挑戦しようとしているのであった。

ひとえに、同心の花形である定町廻りとなって、颯爽《さっそう》と町を歩き、凶悪な犯人を捕まえて、同輩上役に認められたいからだった。

いや、なにより、あまりのふがいなさに愛想をつかし、黙って家を出て行った女房に、自分の値打ちを再確認させたいという気持ちもあるらしいのだ。

「それがよ、先生。うちの旦那は、またまたへまをやらかしちまったんですよ」

苦虫を嚙み潰したような顔で猫八が言った。

「馬鹿、そんな事を先生に言うんじゃない」

亀之助は慌てて遮《さえぎ》ろうとしたが、

「旦那、正直に話して、先生に協力していただかなくちゃあ。そうでしょうが」

突き放す。もごもご言う亀之助を尻目に、猫八は言った。

「先だって見張りの役をもらったんですがね。江戸に舞い戻った丑蔵《うしぞう》という盗賊の見張りです。あっしと二人で蕎麦屋《そばや》の二階で半日ずつ交代でやっていたんです。ところがこの旦那は、何を食い過ぎたのか腹をこわし、雪隠《せっちん》に何度も走っているうちに、相手に逃げられ、上役が捕り方引き連れてやってきたときには、もぬけの殻になってたんですよ」

「まあ……」

千鶴は、がっくり肩を落としている亀之助をちらと見て苦笑した。

「そういうことですから、先生、お頼みいたします」

猫八は言い、ぺこりと頭を下げたのだった。

「まったく、百年の不作ってのはこのことですよ。近頃の嫁は、想像もつかないことを平気で言うんですからね」

おとみは、千鶴に脈をとって貰いながら顔をしかめた。

「ご飯は、おいしく頂いていますか」

千鶴はおとみの愚痴話を聞き流して訊いた。

「ええ、他に楽しみはありませんからね」

やけっぱちな言い方で答えたおとみは、すぐに話の続きをまくし立てた。

「嫁はなんと言ったと思います？……こう言ったんですよ。おっかさん、あたしは直《なお》さんと好いて好かれて一緒になったけど、おっかさんと好いて好かれて嫁姑になった訳じゃあないでしょ。だから何も無理して一緒に暮らさなくてもいいじゃありませんか。おっかさんはいい腕持ってるんだから、まだまだ一人で暮らしていけます、だって……」

ふんとおとみは忌々《いまいま》しげに鼻を鳴らす。

「あら、おとみさんの息子さんは直さんていうんですか」

訊いたのはお道だった。お道は白髪頭の隠居の腕に包帯を巻きながら、おとみの話をにこにこして聞いていたのだ。

「直さんじゃありませんよ。直助っていう名前があるんだから。それをさ、母親の私の前では、直さん、直さんってわざと呼ぶんだから」

「そんな」

お道がくすくす笑うと、

「ほんとだって、息子をなおざりにして、悔しいですよ」

「はい、どこも悪いところはありませんね」

千鶴は、長話に引導を渡すようにおとみから体を離して、立ち上がるように促した。

「そんな先生、あっさりと」

「またお産婆《さんば》さんを始めたんでしょ。おまけに一人暮らしに戻って頑張りすぎてんじゃありませんか」

「せいせいしてますよ。でも年にはかなわない。足も腰も肩も痛くて痛くて」

「じゃ、お道っちゃんに湿布でもして貰って下さい」

千鶴はお道に頷いた。

すると、薬の調合部屋から菊池求馬《きくちきゆうま》が出てきて言った。

「おとみ、俺が近ごろここにおさめている軟膏《なんこう》だ。つけてみるか……結構効くと評判がいいんだぞ」

求馬は手にサザエの貝ほどの貝殻を握っている。

「おやまあ、お旗本の旦那がつくった軟膏ねえ」

おとみは、半信半疑の顔である。

「ピタリという軟膏ですよ。塗ればピタリと治るようですよ」

千鶴が口を添えると、

「先生のお薦《すす》めなら頂いて帰りますがね」

「おいおい、おとみ、嫌々ならやめておけ」

求馬が苦笑いをして言ったその時だった。

「先生、ちょっとよろしいですか」

亀之助が猫八と入って来た。

「よろしくなくても押しかけてくるんだものね」

呟いたのはお道だったが、いつものことだ。亀之助はにやっと返しただけで、

「先生に検視していただいたあの薬籠の男、身元がわかりましてね」

おとみが湿布をするためにお道の方に移動して行くのを待って、千鶴の前に座った。

「源八、薬籠の名はそのようでしたね」

「はい、間違いなく源八でした。馬喰町《ばくろちょう》の味噌醤油屋《みそしょうゆや》の『大崎屋《おおさきや》』の倅《せがれ》でしたよ。あの薬籠は特注で作らせたもののようでして」

「大崎屋さんといえば、神田近辺に大火事があった時など、手厚い炊《た》き出しをして、仏の平兵衛《へいべえ》といわれている人じゃないですか」

「そうですが、息子は悪所通いがやまず、親は手を焼いていたようですよ」

「なるほどね」

千鶴は、亀之助に耳だけ向けて、自分は診療記録を書き込んでいる。亀之助は、ちらりちらりと千鶴の手元を見ながら言った。

「私もあの時は気づかなかったのですが、後になって一年前の事件を思い出しましてね」

「事件？」

千鶴は手を止めて亀之助に向き直った。

「へい、旦那がまだ定中役だった頃起きた事件でしてね」

側から猫八が口を挟んだ。

それは、一年と少し前のことだった。

両国東にある矢場『あたりや』の女おたよが、店の二階で殺されていた事件があった。

矢場は男の遊び場である。おたよを目当てにやってくる客は多かった。おまけにおたよはだらしない女で、男出入りが激しかった。

犯人の探索は難儀を極めたが、特におたよが気を許していたという三人の男が浮かび上がる。

その一人が源八だったのだ。

「証拠が揃わず、事件はうやむやになっていやすが、つまり、源八はそんな疑いをかけられるような、つまらねえ男でございやすよ」

殺されても驚くことはない、きっと悪いやつらといざこざを起こしての結末だと、猫八は手厳しく言ってみせたが、

「だからといって、源八を殺した奴を見過ごす訳にもいきません。私は大崎屋の者たちにいろいろ訊いてみたんですが、これといった手がかりは……」

亀之助が苦々しい顔で後を継いだ。

「殺された晩に出かけて行った先はわからぬのか」

求馬が言った。

「誰も知らないのです。いつだって黙って出かけていく、そんな具合ですから、誰も行き先など聞いてはいない」

「そこを調べるのが旦那の役目じゃないか」

「そりゃわかってます。ただちょっと千鶴先生に経過報告だけはと思いまして」

いい訳がましく苦笑して、

「猫八、行くぞ」

勢いよく立ち上がった。

「犬も歩けばなんとかって言いますからね。頑張って！」

千鶴は亀之助の背を、ぽんと叩いた。

三

深川《ふかがわ》の六間堀町《ろつけんぼりちよう》に千鶴が向かったのは翌日の午後、診察を終えてからで、弟子のお道にあとを頼んでから一人で向かった。

お勝から頼まれた娘の暮らしを見届けるためだった。

住まいの所は、鍵役の吉之進にでも訊いてみようかと思ったが、お勝から渡された包み紙に書いてあった。

あの時、牢同心の目を盗んで千鶴に渡した包みの中には、小判二枚に一分金をはじめ銀や銭を合わせて五両があった。その金は今懐にある。

「娘が暮らしに難儀してたら、渡してやってもらえませんか」

あの時のお勝の顔が忘れられない千鶴である。

――おや？

千鶴は古い長屋の木戸口で立ち止まった。

甘酸っぱい芳香が、木戸の中から風に乗って流れてきたからだった。梅の花の香りだった。

木戸には、『紅梅店《こうばいだな》』と書かれた看板が、しがみつくように打ちつけてあった。

梅の木は、長屋の奥の小さな広場に一本植わっていて、可愛い赤い花をつけていた。まだ咲き始めで香りも瑞々《みずみず》しい。

梅の木が植わっていて、それが目印になっていることも包み紙に書いてあった。かつてのお勝の住まいに間違いないようだった。溝《どぶ》を挟んで両脇に棟割り長屋が並んでいる。

千鶴は、木戸をくぐって奥を眺めた。お勝の家は奥から二軒目と聞いていたが、その家の前には大小様々な竹籠《たけかご》の作品が置いてある。

この辺りは竹細工で有名な町だから、お勝の娘も竹細工に携《たずさ》わっているのかと、名をおしかと聞いている娘の顔を想像しながら近づいておとないを入れた。

「どなたさんで……」

声がかかったのは背後からだった。向かいの家から女房が顔を出して千鶴を見ていた。

「おしかさんを訪ねてきたのですが」

「おしかさん……随分前に引っ越しましたよ。今そこに入ってんのは別の人さ、もっとも今は出かけていますがね」

女房の顔には興味深そうな色が動いている。

「どちらに引っ越したかご存知ないでしょうか」

千鶴は女房の方に近づいて訊いた。

「あんた誰?」

乱れた髪を撫でつけながら女房は怪訝《けげん》な顔で訊いてきた。

「私は医者です」

「医者……なんでまた、おしかさんを訪ねてみえたんですかね」

「神田で町医者をやっていますす桂千鶴と申しますが、小伝馬町にいるお勝さんから頼まれまして」

「お勝……」

　女房は絶句した後、

「元気でいるんですか、お勝さんは」

　女房は家から飛び出てきた。心配そうな顔をしている。お勝に悪い感情を持っているようには見えない。

　千鶴は、自分は牢医者で、お勝に頼まれたことがあるのだと告げた。

「そうでしたか……お勝さんも気の毒な」

　女房は袖で涙を拭いながら、お勝の娘おしかの事を話してくれた。

　それによると、お勝が牢屋に入れられてしばらくしてから、おしかは東両国にある小料理屋『菱屋《ひしや》』に住み込みの奉公に出た。

　その時長屋は引き払ったのだが、おそらくおしかにしてみれば、子殺しという罪人になった母親を持つ自分に向けられる世間の目が耐えられなかったに違いない。

その後、所帯を持ったと風の便りに聞くには聞いたが、相手がどんな人か、どこに住んでいるのか、そんな事は知らないと女房は言った。

「悪い男と関係もったばっかりに、母親も娘も、ひどい人生を送るようになってしまって……」

女房は、今度は前掛けで、ちんと鼻をかんだ。

「悪い男……その男が、お勝さんが起こした事件と関係あるんですね」

「ええ、ひどい男でね」

女房は語った。

お勝はこの長屋で、松太郎《まつたろう》という植木職人と所帯を持って一年後におしかを産んだ。

だが松太郎は、おしかが十二歳の時に仕事に出向いた先の庭で梯子《はしご》から落ちてあえなく他界、お勝はおしかに留守を任せて船宿に働きに出た。

ところが今度は、おしかが大やけどを負った。火鉢にかけてあった鉄瓶《てつびん》をひっくり返して左手に熱湯を被ってしまったのだ。

おしかは高い熱を出して寝込んでしまった。

たった一人の娘に怪我を負わせたと、お勝は半狂乱になって医者だ薬だと走り回った。

そして、さして蓄えのなかったお勝は、医者や薬代を船宿の客で仙蔵《せんぞう》という男に工面《くめん》して貰った。

おしかはまもなく回復した。左手の薬指と小指はくっついたままだったが、母と娘は命が助かったことを喜んだ。

だがまもなく、お勝は借りた金の返済に苦しむようになる。

昼も夜も働かねば食べていけないお勝に、長屋の者たちは同情していたが、お勝の腹がだんだん大きくなるのを見て、なんとなく長屋の女房たちはお勝と距離を置くようになった。

娘の養育が大変だといい長屋の連中の手を煩《わずら》わせ、借金で首が回らないなどと泣き言を言ってきたお勝が、亭主が死んだら今度はちゃあんと男をつくってるじゃないか。長屋の女たちはそう思ったのだ。

ところが事実は違っていた。

仙蔵という男は、借金を払えないお勝の体をまず自身がいいようにして、あげくの果てに、知り合いの男にも抱かせ、そうしてお勝をはらませてしまったのである。

このころになると、仙蔵はたびたび長屋にやって来ていた。そしてお勝と言い争いになり、いつだったかお勝の悲鳴が聞こえているので飛び込んで見ると、

「誰の子かわかったもんじゃねえ。始末しろ」

仙蔵という男は、押し倒したお勝の腹を、思い切り蹴り上げていたのだった。

その時には、長屋の男たちが駆けつけて事なきを得たが、出産したお勝は、おしかをどこかに養子に出してやってくれと書き置きを残し、小名木川《おなぎがわ》に赤子を抱いて入水《じゅすい》したのであった。

師走《しわす》の、みぞれの降るひときわ寒い日であった。

小名木川に駆けつけた長屋の者たち、それに番屋の者たちは、赤子を抱いたまま水の中で気を失ったお勝を発見したのである。

だが、時すでに遅し。お勝は助かったが、赤子はお勝の腕の中で亡くなっていたのである。

お勝は、子殺しで捕まった。そしておしかは十四歳でひとりぽっちとなり、自分からすすんで奉公に出たのであった。

「お勝さんはね、いくら働いたって仙蔵にしぼりとられるだけだ。このままでは産まれた子を育てることも出来ないし、おしかちゃんを不幸にする。それなら、自分が産まれた子を道連れにして死ぬしかない。そう思ったんでしょうよ。あたしたち長屋の者も、もう少しわかってあげていたらって思うけど……」

女房は、しみじみと言った。

千鶴は、過酷な人生を歩んできたお勝の牢内での顔を思い出した。

威厳があり憎まれ口も叩き、牢内で顔をきかせているお勝だが、女囚たちの誰一人として、そんなお勝を憎しみの目で見る者はいない。むしろ頼りにさえしていることを千鶴は感じ取っていた。

「もし、おしかさんの所がわかったら教えて下さいませんか」

千鶴が治療院の所を告げて踵《きびす》を返そうとしたその時、女房が言った。

「ほら、梅、いい匂いでしょ。これね、お勝さんが植えたんですよ」

女房は梅の木の枝を仰いで言った。

「お勝さんが……」

「ええ、死んだ亭主とここで所帯を持ったばかりの頃さね、新しい門出の記念になんて言ってさ、夫婦して植えたものがこんなに大きくなっちゃって」

「そう、この梅の木はお勝さんが……」

千鶴は五分咲きの枝を見上げた。

主《あるじ》のいなくなった長屋の梅は、甘い香りでお勝のここでの暮らしや哀しみを千鶴に告げているように思えた。

女房は、梅の花をじっと見詰めて、しみじみと言った。

「この梅の木は毎年たくさんの実をつけてくれてね、みんな助かってるんですよ。梅の実は長屋中の女房子供が総出で収穫するんです」


「いや、記録にもないですね。やっぱり一度もここには来ておりません」

有田万之助は、捲《めく》っていた帳面をぱたりと閉じて顔を上げた。

牢内の囚人に届け物があった時には、届け物の中味もそうだが、届けてきた者の名も詳しく記録されるのである。

万之助は、それを記録した帳面に、娘からの届け物の記録はない、と告げたのだった。

「お勝は七年も牢暮らしをしているのに……娘との仲は良くなかったんじゃないか」

「そう……」

千鶴は立ち上がった。万之助に訊いても、おしかの所はわかりそうにもない。

「しかし、なんで先生がそんな事を調べているんですか。まさかお勝に何か頼まれた訳じゃあないでしょうね」

不審な目で万之助は千鶴を見る。

「ちょっと気になっただけですよ。お薬ここに置いておきますからね。お願いします」

囚人たちに調合して持ってきた薬を万之助に手渡すと、詰め所を出た。

千鶴はその足で、東両国にある菱屋に向かった。

玄関で名を名乗り、女将《おかみ》に会いたいと告げると、すぐにすらりとした垢抜けした女が出てきた。

「まあまあ、その節は亭主がお世話になりまして」

と女将は言う。

話を聞いてみると、亭主というのは勘兵衛《かんべえ》という男で、手に怪我をして一度治療院にやって来たのを思い出した。

「ああ、あの時の……」

「はい。お客様が刃物を振り回して暴れ、止めに入った亭主が怪我を負って先生のところに走ったのです。で、なんでございましょうか」

「こちらで働いていたおしかさんの事でお聞きしたいことがありまして」

千鶴は、おしかが今どこで暮らしているのか訊いた。

「おしかちゃんなら、柳原堤に古着屋の店を出してますよ。幼い女の子を連れての商いですから、そりゃあもうたいへん」

女将は心配そうに言った。

「以前に住んでいた長屋の人に聞いたのですが、所帯をもったとか」

「ええ、それでうちを辞めたんですけどね。なんとその亭主が行方をくらましてしまったとかで、今一人でお店を守ってるんですよ。子連れじゃあ大変だろうから、お店を畳んでうちでまた働いたらどうかと勧めてみたんですが、この店で亭主の帰りを待つんだってきかないんです」

「ご亭主がいなくなったって、それはいつのことですか」

「一年前ですよ、七之助《しちのすけ》さんていうんですがね。ほら、本石町《ほんこくちょう》に木綿問屋《もめんどんや》の丹後屋《たんごや》ってありますでしょ」

女将は膝を乗り出すようにして言った。

七之助はそこの手代頭をしていた。

菱屋には客の接待で訪れることがあり、それでおしかを知り、熱心に口説《くど》いて女房にしたのである。

おしかはその時、自分の左手が不自由なことも、母親が永牢になっている事も告白している。

だが七之助は、母親は母親、おしかちゃんはおしかちゃんだ。それに、手のことなど気にすることはない。今のおしかちゃんが私は好きなんだと自分の心を披《ひ》瀝《れき》し、女将にも、苦労をしてきたおしかちゃんを自分が幸せにしてやりたいのだと了解を求めたのであった。

「七之助さんの態度に嘘はないと私も思ったものでしたよ。おしかちゃんだって、この人とならと思ったに違いないんだ」

ところが、丹後屋から独立したと聞いてまもなく、

「突然姿を消してしまって……おしかちゃんには何も告げずにですよ。おかしいでしょ。私はおしかちゃんには言えなかったけど、七之助さんはもう戻ってこないんじゃないかと思ってるんです、ひょっとして何かの事件に巻き込まれたんじゃないかって……でも、おしかちゃんは七之助さんは必ず帰って来るって信じて

待ってるんですよ」

女将は唇を嚙む。

「何かあったんでしょうか？　身を隠すような何か」

怪訝な思いで千鶴は訊く。

「それなんですよ。私も忙しさにかまけて、所帯を持ってからの二人の暮らしを訪ねることもなかったですからね。古着屋を始めたというのは聞いていましたが、柳原堤に店を出していたなんて知らなかった。私がおしかちゃんに会ったのは、つい先頃ですから、七之助さんのことについては見当もつきませんね」

女将は深いため息をつき、千鶴の顔を見返した。

四

翌日千鶴は、往診の帰りにお道と柳原堤に向かった。

昨日菱屋を出たのは六ツ（午後六時）近く、柳原堤に店を出している小店は皆店を畳んで引き上げてしまう頃合いだったからである。

明るいうちは、数え切れないほどの古着屋古道具屋が店を出し、人の行き来も多く賑《にぎ》やかなのだが、日が暮れると同時に辺りは一転して寂しくなる。

そこで今日立ち寄ることにしたのだが、おしかの店には遠慮がちに藍染めの暖《の》簾《れん》がかかっていて、その暖簾には梅の花が染め抜いてあるというので、千鶴もお道も、見過ごしのないように目を皿のようして見て回った。

おしかの店は、柳原神社近くにあった。

客はおらず、おしかと思われる女は、古着を吊った前に茣蓙《ござ》を敷き、そこに座って表の行き交う人々を、ぼんやりした顔で眺めていた。

店の前に出て客を呼び込むなどの事はせず、じっと座って客を待っている風だった。その側には幼い女の子が、綿入れ袢纏《はんてん》にくるまって眠っている。

女将が言った通り、おしかは子連れで商いをしているのだった。

「おしかさんですか」

千鶴が尋ねると、おしかはびっくりした顔を向けてきた。

「どちら様でしょうか」

「桂千鶴という医者ですが、お勝さんに頼まれたことがありまして」

おしかの顔をじっと見た。

どんな反応をするかと思ったのだが、案の定おしかは迷惑そうな目を向けてきた。

「お勝さんなんて人は知りません。誰かと間違っているんじゃないですか」

「あなたはおしかさんじゃないんですか」

千鶴は暖簾に染め抜かれた梅の花をちらと確かめ、そして前垂《まえだ》れに置いてあるおしかの左手に目を遣った。

おしかは左手をさりげなく隠そうとしているが、小指と薬指辺りに火傷《やけど》のひきつれが見える。

千鶴は、もう一度訊いた。

「あなたのおっかさんでしょう、お勝さんは」

だがおしかは、

「確かに私はおしかですが、私におっかさんはおりません。私のおっかさんは七年前に亡くなっています」

にべもない口調であらぬ方に眼を投げた。

「なんてことを言うんでしょう。先生は忙しい間を縫ってこうして訪ねてきたというのに」

お道が横合いから言った。

おしかは丁度お道と同じ年頃である。お道にはそれで余計に勘に触ったらしかった。

「私が頼んだ訳じゃありません。お帰り下さい。お客さんの邪魔になります」

「おしかさん！」

お道が声を荒らげた時、おしかの側で眠っていた女の子が、こくんと頭を下に落とした。

「ちょっと」

千鶴は中に入り込んで幼子を抱き上げて、その額に手を当てた。千鶴の顔色が変わった。

「酷い熱ですよ、このままだと死んでしまいます。気づかなかったのですか」

千鶴の厳しい問いつめに、さすがにおしかは動揺したようだった。

「今朝から様子がおかしくて」

おしかは小さな声で言った。先ほどの態度はどこへやら、子を案じる母親の顔になっている。

「今から私の治療院に連れて行きます。お道っちゃん」

千鶴は幼女を抱いて駆け出した。

「治療院は、藍染橋の桂治療院です。お店を誰かに頼んですぐ来て下さい」

お道も慌てて千鶴の後を追った。


「部屋を暖かくして、蒸気を立てるようにして下さい。あっ、それからお竹さん、この子の下着や着物の着替えを用意しておいて下さい」

てきぱきとお竹に頼むと、千鶴は荒い息をしている幼女の額に手を当てた。火のように熱い。頬も赤く染まっており、胸に耳を当てると、ぜいぜいという乱れた呼気が聞こえてきた。

小さな胸が、異様に膨らんだりへこんだりしている。呼吸の困難なのが一目でわかった。

千鶴は脈をとりながら言った。

「風邪をこじらせてしまったようね。お道っちゃん」

千鶴はお道に、運んできた薬を飲ませるように促した。

千鶴が幼女の背を抱きかかえ、お道が、幼女の口に小さな匙《さじ》を使って少しずつ薬を流した。

千鶴は、幼女を横にしてからおしかに言った。

「危ないところでしたね。あのまま寒い店の中で寝かしていたら、肺炎になるところでした」

「ありがとうございます」

おしかは、額を畳みにこすりつけた。

「おっかたん、おっかたん」

幼女が声を上げた。

「おうめ！」

おしかが膝を寄せようとした。

「しっ、うわごとです。この子は私たちが看ていますから、あなたはいったん戻って店を片づけ、また来て下さい。ここで泊まって看病してもいいですよ。熱が下がればもうしめたもの、それまではあなたも不安でしょうしね」

「先生……先生、私、お金が、薬礼のお金がありません」

後の言葉を言うのをおしかは躊躇《ためら》ったようだった。

「薬礼なんて、お金が出来た時でけっこうですから」

「申しわけございません」

「菱屋の女将さんから聞きましたよ。七之助さんをあの店で待っているんですってね。あなたが大変な思いで暮らしていることは知っていますから」

「先生……」

おしかの目から、突然大粒の涙がこぼれ出た。

千鶴とお道、それにお竹は黙っておしかを見守った。

おしかはしばらく溢《あふ》れる涙を拭いていたが、やがて顔を上げて言った。

「おっかさんを恨んで……おっかさんのようにはなりたくないと頑張ってきたのに……」

おしかは、ぎゅっと唇を噛んだ。

「そんなあなたを一人にして、ご亭主はどこでどうしているのですか」

「あの人は……」

おしかは言い淀《よど》んだ。だがやがて覚悟をしたように震える声で言った。

「あの人には、七之助さんには、殺しの疑いがかかっているのです」

「殺しの疑い……」

「はい。それであの人、この江戸にいられなくなって」

「話してくれませんか、その話」

千鶴はじっと見る。

おしかは、強《こわ》ばった顔で頷くと、

「七之助さんは丹後屋の手代でございました。私と所帯を持つ時に丹後屋からお暇をいただき、古着屋を始めたのでございます。小さな店でも自分の店を持ち、こつこつ地道に商いをしていけば、末にはちゃんとした、大通りに出せるような店になるに違いない。七之助さんも私も、心をひとつにして、有り金はたいて柳原堤に店を出したのです」

ところが、丹後屋とそれで縁が切れた訳ではなかった。

小さな古着屋といっても、元手が不自由な二人は丹後屋から生地を分けて貰うことで息をついてきた。長年の奉公の恩義もあり、そうでなくても丹後屋への出入りは欠かせないものだった。

ところがそのうち、七之助は丹後屋の若旦那仙太郎《せんたろう》に誘われるようになった。夜の町に遊びに出かける若旦那の供をするようになったのである。

「恩ある主の家だ。断る訳にはいかないんだ」

七之助は、不安がるおしかに言い聞かせた。

何処に出かけているのか詳しいことは聞かなかったが、おしかの知っている仙太郎は、どことなく危ない感じがしていたのだ。

商いに身を入れず、迎えた嫁も一年経たぬうちに去り、悪所通いをしているという噂は、おしかの耳に入っていたからだ。

そして、危惧《きぐ》していたことが起きた。

「日参していた矢場の女が殺される事件が起きて、若旦那の仙太郎様が疑われたのです」

「ちょっと待って……その話って、一年前起きた両国の矢場の話ですか」

千鶴は驚いて訊いた。

「はい」

おしかは、小さく頷いた。

事件が起きた日に七之助は家にいたことは確かだったが、ある日岡っ引がやって来て、こう言った。

「仙太郎を矢場の女殺しで疑っている。そこで仙太郎に問い詰めてみたんだが、あの夜はおめえと夜釣りに行っていたというんだ。どうだい、仙太郎の言う話は本当かい……正直に話してくれねえか」

すると七之助は、おしかの目の前で、

「仙太郎若旦那のおっしゃる通りでございます。確かに二人で夜釣りに出かけておりやした」

さもっともらしく返事をしたのである。

おしかは聞いていて仰天した。

「何故本当の事を言わないの」

岡っ引が帰った後で七之助を責めると、

「若旦那が疑われているんだ。私が助けるのは当然だろう」

快く店を持たせてくれた大旦那への恩返しだと七之助は言ったのだった。

しかし岡っ引はその後も何度もやって来た。

どこへ釣りに行ったのだとか、何刻まで釣っていたとか、七之助がしばしば言葉に窮するような質問をしてくるようになった。

とうとう七之助はたまりかねて、ある日ふっつりと行方をくらましてしまったのだ。

おしかは十日ほどが過ぎた頃に丹後屋の仙太郎に会いに行った。

そして七之助の行方を聞いてみたが、仙太郎は何も知らない、どこかの女と駆け落ちしたんじゃないか、などとにやにや笑って嘯くのである。

「姿をくらますなんて馬鹿なことをしたもんだな。これじゃあお前さんの亭主が下手人《げしゅにん》だと疑われるぜ。亭主の居場所を知ってるんだろ、白状するんだ」

岡っ引の矛先《ほこさき》は、今度はおしかに向いたのである。

しかしおしかは、岡っ引からどう脅されようとも、亭主の居場所など知るよしもない。

千鶴は念を押した。

「いずれ嘘の証言をしたことが発覚する。そうなれば恩ある丹後屋の若旦那を窮地に陥れる。それで七之助さんは姿を隠した。そういう事ですね」

「はい」

おしかは頷くと、

「でもしかすると、私と子供のために、本当の事を話す気になって帰ってきてくれるかもしれない。今日か、明日か、毎日そう思いながら店を出しているのです」

深いため息をつき、力のない目を伏せた。

五

亀之助と猫八が、千鶴の治療院に、一年前の矢場の女殺しを探索していた岡っ引、文蔵《ぶんぞう》という親分を連れてきたのは、おしかの娘おうめが元気になって退院したその日の夕刻だった。

千鶴が亀之助に、当時の事件の詳細やその後の探索状況を知りたいと頼んでいたからだが、丁度求馬も来ていて、千鶴は求馬にも知り得た七之助についての話をしたところである。

診療室の前の庭には、白梅がほころび、甘い香りを漂わせていて、ふとお勝が植えたという深川の長屋の紅梅を千鶴は思い出していた。

「こりゃどうも」

文蔵は、お竹が出したお茶を手に取って、ちょこんと頭を下げた。

歳は五十を過ぎているのが、木の皮のようにごつごつした肌と、髷《まげ》に走る白い髪が語っていた。

「梅茶ですな、これは珍しい」

文蔵は一口飲んでから、湯飲みの中に浮いている白梅の花びらをつまみ上げて微笑んだ。

「庭の梅の花なんです。去年のものですが、お竹さんが塩漬けにして保存していたのです」

千鶴がお竹をちらと見て言った。

「いい香りだ……こたえられませんな」

文蔵は梅茶をうまそうに飲んだ。

「こちらの梅饅頭《うめまんじゅう》もどうぞ召し上がって下さい。あんこには塩漬けにした梅の花が入っています。周りの皮は甘くて、蒸してありますから」

お竹は、茶菓子に出した梅饅頭のうんちくを披露《ひろう》してから台所に消えた。梅饅頭は、お竹手製の蒸し菓子だった。

蒸し菓子の大きさは小さく上品で、皮は白く輝いている。銘々の皿に二つずつお竹は出してくれていた。

「じゃ、こちらも遠慮なく」

文蔵はそう言ってひとつ摘んで、うまいなと唸ると、もう一つを懐から半紙を出して包んでしまいこんだ。

「女房に食べさせてやりてえと思いまして、頂いて帰ります」

照れくさそうに言ってから、姿勢を正して千鶴を見た。

「さて、あっしは南町の定町廻り同心村上進一郎《むらかみしんいちろう》様から手札を貰っておりまして、当時の事件に携わった者です。ご存知でしょうが、こちらの浦島の旦那も応援でついて下さいまして探索したのでございやす。浦島の旦那が手をひいてからも、あっしは調べて参りましたが、結論から申しやすと、七之助が出奔《しゅっぽん》してしまった事で探索は中断となりました」

「というと、どういう事なんだ……まさか七之助を下手人と見ていたわけではあるまい」

求馬が訊いた。

「いえいえ、そうではありやせん。七之助からは、丹後屋の仙太郎の事を聞き出そうとしていたのです。事件当日一緒にいたと七之助は言いましたが、その証言は本当なのかと、それを質《ただ》したかったのです。つまりあっしは、犯人は仙太郎じゃねえかと、これは岡っ引の勘ですがね、思っていたわけです。ところが仙太郎の無実を七之助が証言した。あっしは、あの証言は信用出来なかった。いずれボロを出すと踏んでいたら、当の七之助が消えちまった。以後、仙太郎以外にこれといった犯人の目星もつかねえまま今日に至っているという訳で」

「現場に何か手がかりはなかったのですか」

千鶴が訊いた。

「へい。これといったものはございやせんでした。おたよは首を絞められて殺されておりやした。指の跡がくっきりと首に残っていましたね」

「指の痕が首に……」

千鶴は亀之助に目を遣った。すると亀之助が、

「千鶴先生に検視をお願いした源八と同じですね」

「……」

「何かこうひっかかるのは、源八が仙太郎と遊び仲間だったことです」

千鶴は鋭い視線を亀之助に向けたまま、じっと聞いている。

「たいがい二人はつるんで遊んでいました。それに七之助が仙太郎のお供をして加わっていたということです」

亀之助の言葉を文蔵が継いだ。

「いや実はそれであっしも一応おたよ殺しに源八が関わっていなかったのか洗ってみたんですがね。源八には、事件当夜矢場にはいかなかったという証拠があり

やした。当夜姉の婚礼がありやして、源八はずっと家におりやした。終日外に出なかったことは、多くの人たちの証言がとれておりやす」

するとと猫八が思い出しながら文蔵に訊いた。

「他に手がかりといえば、たしかおたよは孕《はら》んでいた、そうでございやしたね」

「へい。おそらくその腹の子を孕ませた男が下手人じゃねえかと考えているんですがね。おたよは欲深い女だったと聞いていやす。男が近づくのをいいことに、やれ尻を触った口を吸ったと難癖をつけ、男たちに金をせびっていたというんですから、子を孕ませた男には、どんな強欲なことを言っていたか、想像がつこうというものです」

「それにしても……」

組んでいた腕を求馬は解くと、

「恩義のために嘘をつき、あげくに姿をくらますとは、七之助も律儀すぎるのではないか……残されたおしかと子供が哀れというものだ」

「それですがね」

文蔵は落ちくぼんだ目の底を光らせて、

「ただの律儀かどうか」

意味深な事を言う。

「どういう事だ」

「仙太郎の供をしていた七之助の事だ。事件に手を貸したって事も考えられねえ訳じゃねえ」

「そんな……私は七之助さんは事件に関わっていないというおしかさんの話を信じます」

千鶴が言った。

「七之助が当夜家にいたという話でございやしょう?」

「ええ」

「あっしもそれは、亭主が姿をくらましたあとでおしかから聞きやしたが、女房の言う話ですから」

「その話も嘘だってことですか」

千鶴はつい口調が強くなった。

「親分」

亀之助も窘《たしな》めるような口調で呼びかける。

「旦那、間違ってもらっちゃあ困るんですがね、あっしは、何も七之助を犯人にでっち上げようと思ってるんじゃねえ。出てきてほんとの話をしてほしいだけだ」

文蔵は残りの茶を飲み干すと、

「あっしがお伝えできるのはそれぐれえなことで」

きまりの悪そうな顔で言った。


「あら、先生。あの子、おうめちゃんじゃないですか」

お道は立ち止まって行く先の人の波の中を指した。

おうめが泣きじゃくりながら、右を見て、左を見て、通り過ぎる人たちを見ておろおろしている。

すっかり風邪は治ったようだが、頬は紅を掃いたように赤かった。

「おうめちゃん」

千鶴とお道は近づいて声をかけた。

おしかが出している古着屋の店からはかなり遠い。ここからは視界に入らない。どうやら遊びに出て迷ったようだった。

おうめは、二人の姿を見ると、ほっとした表情をみせたが、緊張がほどけたのか、一層声を張り上げて泣き出した。

「よしよし、おっかさんのところに帰ろうね」

千鶴は抱き上げて、おしかの店に向かった。

「先生……」

おしかは、おうめを抱いた千鶴を見てびっくりしたようだった。人相の良くない男と話し込んでいたところのようで、おしかの表情はすぐに困惑の色に変わった。

男は三十前後、めくら縞《じま》の着物を着て、赤茶けた肌をしていた。眉が濃く目がぎょろりと剝き出しになっているような男で、不気味な感じがした。

男は千鶴を鋭い目で見て、それから舌打ちして立ち上がった。

そして険しい顔をおしかに向けて、

「じゃ、十日待ちやしょう。十日のうちに払って貰えないようなら、そうさなあ、ここにかかっている古着をそっくり貰いますぜ」

もう一度千鶴を睨《にら》みつけてから男は去った。

「何があったんですか」

千鶴はおうめをおしかの手元にやりながら訊いた。

「ええ……お金を返せと」

おしかは、言いにくそうに言った。

「あの男に借金があるのですか」

「亭主が、七之助さんが賭場《とば》で借りたって言うんです」

おしかは唇を噛んだ。

七之助は博奕《ばくち》には無縁の人だったのに、若旦那の仙太郎のお供をしているうちに覚えたようで、借金のことなど寝耳に水だが、二日にあげず返済しろと脅しを受けているのだと言った。

「いくら返せと？」

「三両です」

「三両……」

「返せる訳がありません。あっちこっちに借りがありますし、先生にだってまだ薬礼を払っていないのに」

おしかは呆然と見た。

千鶴の頭を、お勝から預かった五両の金がかすめた。

最初におしかに会った時に渡すつもりだった金だ。だがあんまりおしかがお勝のことになると恨みを剝き出しにするものだから、渡しそびれてきたのである。

とはいえ、機会をとらえて渡してやろうと、千鶴は肌身離さず持ち歩いていた。

「おしかさん、実はね」

千鶴は思いきって切り出した。

「私はお勝さんから娘に是非渡してくれと、五両のお金を預かっているのです」

「お金を？」

おしかは、怪訝な顔で聞き返して、

「牢に入っているおっかさんが、どうしてそんなものを工面できるというのですか」

おしかの問いはもっともだった。それについては千鶴も頭を痛めていた。

お勝から預かっている金は、女囚たちが新入りとして牢に迎えられた時に、お勝に上納したツルと呼ばれる金である。

このツルがなければ、特に男の牢などでは、入牢するや名主の命令でよってたかって暴行を加えられ、半死半生の憂き目をみる。

ツルは名主のきままに出来る金だが、お勝は独り占めにしたりはしない。

お勝は、その金を使って女囚たちに、ささやかな楽しみを与えてやっている。たとえば下男に頼んで餅菓子など買いに走らせ、女囚たちに分け与えてやったりと、深い気配りをしている事は、千鶴も下男から聞いたことがある。

そんな金を、娘を案じるあまり千鶴に預けたものの、お勝はその性格からして後ろめたい気持ちになっているのではないか。

――預かった五両は、最後にはお勝にそっくり返してやろう。

千鶴はそう考えていた。

そのために千鶴は、作り話を用意していたのである。

「おしかさん、よく聞いて下さい。お勝さんは赤子を抱いて身を投げる前に、爪に火をともすようにして貯めたお金を、おしかさんのために用立ててくれるよう、あなたの知らない田舎の親戚筋の人に預けておいたのですよ」

「……」

「手違いがあって、あなたに渡っていなかったのですが、このたび、その親戚筋の人がお勝さんに戻してきた。そういうお金です」

「……」

「おしかさん、お勝さんの気持ちを素直に受け取ってあげて下さい。そうしないとお勝さんが救われません。これから何年続くかわからない牢暮らしをしなければならないのですから」

「おっ、おっかさんが……」

おしかの顔が歪《ゆが》んでいく。

「おっかさんが私のために……」

堪えきれなくなった涙が、膝に手を合わせているおしかの手の甲にほろりとひとつこぼれ落ちる。

おしかは太いため息をつくと、

「私はこのたび、おうめのことで先生に助けて頂いて借金をせずに済みましたが、おっかさんは……おっかさんは、私のこの手の火傷のために借金を重ねて……今度はそれを返すために苦労をして……それであんな非道な男につけ入れられて……」

「おしかさん……」

「それが事件のはじまりだったのです」

きっと顔を上げて千鶴を見て、また目を落として言った。

「それなのに私ときたら、おっかさんを恨んで憎んで……」

おしかはぼろぼろと涙をこぼした。

「おしかさん」

「あたし、おっかさんが引かれて行く日のことを忘れたことはありませんでした……」

おしかは、呟くように言った。

その日、お勝は同心岡っ引に左右をはさまれて家を出た。

外には長屋の者たちが垣根をつくって見守っている。

お勝は、みんなに深々と頭を下げて言った。

「ごめいわくをおかけしました。ですが、どうか、どうか、おしかの事をお頼みします」

すると、長屋のおかみさんたちが口々に言った。

「わかっているよ、安心しな」

「みんな、長屋の女たちは、あんたに同情してんだ。しっかりおつとめして帰っておいでよ」

お勝を慰める言葉が飛んだ。

家の中でじっと唇を噛んで聞いていたおしかは表に走り出た。

戸を荒々しく開けた音で、母のお勝が振り返った。

今にも泣き出しそうな顔でおしかの顔をじっと見た。

その母親におしかは叫んだのである。

「もう二度と、あたしの前に現れないで！　おっかさんなんて、大っきらいだ！」

そしておしかはまた家の中に飛び込んだ。

ざわざわとざわめく声を聞きながら、家の中で泣き崩れた。胸には母への憎しみが抑えきれないほど満ちていた。

「先生……」

話し終えると、おしかは千鶴の顔を改めて見た。

「願い通り永牢になって……あたしにはおっかさんはいないと思って生きてきたんです。罰《ばち》があたったんですね、私」

「おしかさん、そんなことはありませんよ。罰だなんて、お勝さんはあなたの気持ち、そんな気持ち、十二分にわかっていますよ」

「……」

「あなたも子を持つ母親です。それなら私より良くわかっている筈です。母親はどこまでいっても母親だって」

千鶴は帯の間に挟んでいた包みを取り出して、おしかの手に、しっかりと握らせた。

その時千鶴は、おしかの左手の不具合を掌に感じとって胸が詰まった。

おしかは、少し躊躇っていたが、包みを開いた。じっと見詰める。

「でもおしかさん、このお金を先ほどの男の言われるがままに渡してはいけませんよ。博奕の借金だなんて、一度よく調べてからにしましょう。そのお金はしまっておきなさい」

「……」

おしかは唇を引き締めて懸命に涙を押し返そうとしているように見えた。

「おっかたん」

おうめが母の表情に異変を感じたのか、体をすり寄せてきた。

「おうめ」

おしかはおうめの肩を抱き寄せた。その目からまた涙がこぼれ落ちた。

千鶴も思わず袖で目を押さえていた。

六

目当ての『ももんじ屋　いろは』に灯りがともったのは、とっぷりと日が暮れてからだった。

いろはの腰高障子は油を塗った油障子である。おそらく調理する時の獣肉の脂や煙が飛び散っても気にならぬようにという配慮からだろうが、店に灯りがともった事で、その障子に描かれている牡丹《ぼたん》と紅葉《もみじ》の絵が、くっきりと浮かび上がった。

牡丹は猪の肉、紅葉は鹿の肉を指している訳だが、油障子には他に『万病によろし、薬食《くすりぐい》』などと墨で書かれてあり、獣肉を求めやすいような配慮をしていた。

実際このごろの獣肉屋には、様々な肉がつり下げてあった。牛肉、猪の肉、鹿の肉、うさぎ、たぬき、その他様々置いてあって、これらの肉が薬になるというので販売されている事も事実であった。

このいろはの主は弥吉《やきち》というが、殺された源八と幼馴染《おさななじ》みだと知り、亀之助と猫八は昼頃から張り続けていたのである。

「いくぞ」

亀之助の合図で、二人は店の中に入った。途端に油の匂いが襲って来た。店の奥で獣肉を煮ているようだった。

「いらっしゃい」

迎えた店の主の顔が、たちまち神妙なものになった。

主は大きな俎《まないた》の上で肉を捌《さば》いているところだった。

「どうだい、売れ行きは」

猫八は、じろりと主の手元にある肉を見て言った。

「はあ、まあまあです」

主の弥吉は苦笑いをしてみせた。同心と岡っ引が、獣肉を買いに来たのでないことは、弥吉にもすぐわかったようだ。

「他でもねえ、ちょいと殺された源八のことについて訊きたいのだが、源八はちょくちょくここに来ていたんだろ」

猫八が訊いた。

「へい。幼馴染みですからね。それに『牛肉丸』を分けてやっておりましたから、あいつは胃の腑《ふ》が弱くて」

牛肉丸とは、牛肉を燻《いぶ》して丸薬にしたものだが、近頃では獣肉が様々な病に効くというので、弥吉のような店にも注文があった。

亀之助と猫八は顔を見合わせた。

確かに殺された源八は、薬籠に入った獣肉の丸薬を携帯していたからである。

ちらとその事を思い浮かべて、

「最後に会ったのはいつだったのだ？」

亀之助は訊いた。

「それが……」

弥吉は言い淀むが、大きくため息をつくと、

「殺される直前でした」

と言ったのである。

「何！……すると、源八はお前と別れたあと殺されたのだと？」

「たぶん……妙なことを言い出すから、お前、いい加減に足を洗って家業に専念しろと言ってやったんですよ」

「ちょっと待った。すまんが、最後に会った時のことを詳しく話してくれねえ

か」

猫八が鋭い目で言った。

「へい」

弥吉は頷くと、奥に向かって叫んだ。

「おい、おみよ。葱《ねぎ》をたっぷり入れるのを忘れるな。予約の旦那方はまもなくみえる」

はいと奥で女の声がした。女房らしかった。

その声を聞いてから弥吉は前垂れで手を拭いて、二人の側に出てきた。

「あれは、もう店をしまおうかと思っていた頃でございやした」

待合いの樽の腰掛けを亀之助と猫八に勧め、自分もそれに腰掛けた。

あの日、源八は機嫌の良い顔で現れた。

「弥吉、また頼むよ」

源八は小さな薬籠を腰から抜いて弥吉に渡した。

弥吉が仕入れてあった牛肉丸を薬籠に詰めて渡してやると、源八は一杯くれといい、熱カンを注文した。

「何かいいことがあったのかい」

弥吉は、肉をさばきながら訊いた。

「うん、そろそろ俺も年貢のおさめどきかなと思ってね」

「そうか、女房を貰うんだな。そりゃあめでてえや」

弥吉が言うと、

「まあな、お前の暮らしをみていて、身を固めるのもいいかなと思ったんだ」

源八は、ちらと奥に視線を走らせた。奥でくるくると働いているのは弥吉の女房おみよである。

「そうとも……いっちゃあ悪いが、仙太郎さんとは縁を切ったほうがいい。今に痛い目に遭うぜ」

「うん」

源八は苦笑した。

弥吉は源八の話から、仙太郎という木綿問屋の若旦那の危なっかしい行状を知っていた。

源八と仙太郎のつきあいは、貧しい出の弥吉など立ち入ることの出来ない世界だと遠くから見ていたのだ。

弥吉は、源八の父親が商う馬喰町の店の裏店に住んでいた。源八とはいわば竹《ちく》遊《ゆう》蕩《とう》馬《ば》の友だが、源八と仙太郎のつきあいは、大人になってからの、金にあかせた遊蕩づきあいだったのだ。

「それで、あっちの方はカタがついたのかい」

弥吉は、声を落として言った。

あっちの方とは、源八が親に内緒でつくった賭場の多額の借金だった。総額三十両にもなったと言い、さすがの源八も困ったらしく、誰にも言えない、父親にわかったら縁切りだ。お前にだけは話すけどなどと打ち明けてくれていたのである。

女房を貰うのならなおさら、身の回りをきれいにしておかなくては、何かと騒動の種になる。

源八の父親が厳格なだけに心配したのだが、その時源八は、

「まあ、なんとかなりそうなんだ」

そう言ってうまそうに酒を飲み干したのだった。

「大金が入る。お前も、金繰りが苦しかったら貸してやるよ」

そんな冗談を飛ばして源八は店を出て言ったというのであった。

「すると、その後で誰かに会ったってことだな。誰に会うとか言ってなかったの

か」

亀之助が訊いた。だが弥吉は、それから後のことは知らないと言った。

「何処の賭場に出入りしていたか、それは聞いているかね」

猫八の尋ねに、弥吉は、ええと頷いた。


その頃、求馬は木綿問屋の若旦那仙太郎を尾《つ》けていた。

仙太郎という男、青っ白い、肌のつるりとした男で、目は細く、唇は薄く、あれで人並みの血が流れているのだろうかと思われるような、冷たいものを身にまとっている男だった。

絹の、染めも織りも念を入れてつくった上物の着物を着て、雪駄《せった》を鳴らして太平楽に歩いていく。

呼び止めて詰問しても言い逃れられるのは目に見えている。尾けることで何か手がかりはないものかと、求馬はほっそりとした仙太郎の背を追っているのであった。

仙太郎については、まずはこのたび起きた源八殺し、そしておしかの夫七之助の失踪、さらに一年前の矢場の女の殺しと、いずれの時も仙太郎の影が見え隠れしている。

ところが町奉行所の探索は、矢場の女殺しと源八殺しは別のものとして探索していたらしかった。

求馬や千鶴たちは釈然としないものを感じていた。

求馬がこれまでに店の者たちや出入りの者たちに聞いたところでは、仙太郎は丹後屋の跡取りであるにもかかわらず、昼を過ぎてからのっそりと起きてきて、それからどこへともなく遊びに出るという事だった。

帰宅は未明で、むろん帰ってこない日もある訳で、親も店の者も頭を抱えているものの、半ば見放したような状態になっていて、父親の平兵衛などは、仙太郎と五つ違いのおいとという娘に婿をとらせて家を継がせることを考えているなどという噂も出ている程だった。

仙太郎は親も手を焼く放蕩息子だったのである。

その放蕩息子に付き合わされて、あげくの果てに姿を消さなくてはならなかった七之助が哀れである。

「なんとしてもおしかさんの為に。求馬様お願い」

千鶴にそう言われて、求馬が黙っていられる筈はない。

――おやっ……。

求馬は足を止めて物陰に身を寄せた。

仙太郎が一軒の小体《こてい》な飲み屋に入って行ったからだ。

腰高障子には『おひな』とある。

縄暖簾が出ているところを見ると、店は開けているようだが、近づいて耳をそばだててみても、客のいる気配はなかった。

――ふむ。

求馬が障子戸を開けようと手をかけたその時だった。

「待ちなさいよ！」

女の叫びと一緒に仙太郎が飛び出して来た。思わず求馬とぶつかりそうになった。

求馬が体をずらして仙太郎をやり過ごすと、仙太郎を追って女が走り出てきた。

色っぽい女だったが、目をつり上げて鬼の形相である。手には茶碗やら男帯やら抱えていた。

「ひどいじゃないか、あたしはこのまま黙っちゃいないよ」

女は仙太郎の背に叫んだ。

すると仙太郎がくるりと向き直って言った。

「みっともない女だ、ひどいのはお前の方だ」

「何言ってんだい。いいかい、こっちこそあんたなんかとおさらばさ。あんたの正体がよおくわかったよ。今度の女はどこのどいつだい。あんたがどんなにひどい男か教えてやるよ。ええい！」

女はそう叫ぶと、手にあった茶碗と帯を仙太郎に向けて叩きつけた。

茶碗は割れ、帯は死んだ蛇《へび》のように長々と道に横たわったが、仙太郎は背を向けると大股で去って行った。

「ちくしょう！」

女は唇を噛みしめると店の中に入って行った。

求馬は帯を拾い上げた。

──こんな上等な帯を……。

自分の腹に締めている帯をちらと見て苦笑した。いかにも拾い上げた帯に比べて貧弱に見えた。

求馬は、帯を片手に店の中に入ったが、

「……」

その場に立ちつくした。

店の飯台に突っ伏して女が泣いていたのである。

見渡したところ、他に客はいなかった。

求馬は女に近づいて、帯を飯台の上に置いた。

「あらっ」

女が顔を上げた。

びっくりしたようだったが、決まり悪そうに涙を拭くと、

「すみません。気がつかなくって。嫌なとこ見られちまった」

笑顔を作った。

「なに、胸のすくような大見栄だったたな」

求馬がからかうと、

「しょせん空威張りさ。引かれ者の小唄って奴さ。あ〜あ、もうこんなことおしまい、辛気《しんき》くさいったらありゃしない。旦那、今夜はやけ酒つき合って下さいな」

女は立ち上がって言った。

一部始終を見てしまった求馬は、なんとも目の前の女が気の毒になった。歳は千鶴と同じような年頃である。

色気のある男好きのする女で、おそらく仙太郎の色だったに違いないのだが、先ほどその仙太郎に袖にされたばかりである。

「いいとも」

求馬は頷いていた。

女はおひなという名前だった。

求馬の承知という返事で、さっさと暖簾を外して戻り、

「商いなんてやってられない。今日は旦那と朝まで飲もっと」

そう言うと板場から酒を運んできた。

「よっぽどあの男にぞっこんだったようだな」

求馬はおひなに酌をしてやりながら言った。

肴《さかな》は干物の焼いた物や豆腐に味噌など、手軽なものばかりが飯台に並んでいるが、酒は途切れることなくぐいぐいやるものだから、さすがに相当よっぱらっている。

求馬はその頃合いを見計らっていたのだ。

酔いに任せた女が何か大事な手がかりを漏らしはしないかと思っていたのだ。

「ふん」

おひなは体を揺すり上げるように鼻を鳴らすと、

「惚れていたからこそ嘘をついたんだ。お腹に子供が出来たって」

酔った赤い眼を求馬に向けた。

「何……」

「そしたら何と言ったと思う……すぐにでも堕《お》ろせってさ」

「……」

「男って勝手だよね。あれほど夢中になってあたしの体を求めていたのに、子が出来たと聞くと途端に冷たくなっちまう」

「……」

「ねえ、あんたもそうなの……女にそういう事言う？」

「いや、俺は」

ふいに真剣な顔で聞かれてしどろもどろしていると、

「別れたいって言うからさ、私、子が出来たって言ったのは嘘だったんだって言ったの。あんたの本当の気持ちを確かめるために言ったんだって。そしたら、今度は人を馬鹿にしてって怒り出して、あんな、旦那に見られたような騒ぎになっちまって……ひどいと思うだろ」

「そうだな、しかし、あの男のそういうところを見抜けなかったお前もお前だ」

「だって、この店だって買ってくれたんだもの。ぽんと気前よく、お金出して……信じるじゃないか。それに、いつか女房にしてやるなんて言ってくれてたから、子が腹に出来たといえば、すぐにでも女房にしてくれるかもしれないって思ったもの」

「ふむ」

「それがなんだい。本音はあたしの体が欲しいだけだったんじゃないか」

「ふむ」

「ふむ、ふむって、あんた誰だっけ？」

「俺は菊池という者だと教えたぞ」

「そうそう、菊池様ね。で、何か聞きたいって言わなかった？」

「言った。言ったがお前が気の毒になってな、お前の愚痴を聞いてやるのが先だと思ったのだ」

「やさしいのね、旦那……」

おひなは急にしんみりとして鼻をすすり上げた。慌ただしくその鼻をちんとかむと、

「ありがと、嬉しいよ。こんな立派なお武家様にそんな風に言って貰ってさ。あたしも人を見る目がないねえ。金を持ってりゃいい人に見えたけど、ほんと、とんだお門違いだ」

今度は悔し涙が溢れてくる。

「ふむ」

「また、ふむと言った」

おひなは泣きながら求馬の顔を指して笑った。

「……」

苦笑しながら求馬は思った。この女もあの男にいいように振り回された一人には違いないのだ。酒で憂さを晴らそうとしている女をいじらしくも思った。

「腹も立つし悔しいだろうが、今別れて良かったのかもしれぬぞ、おひな」

「そうかもね」

おひなは盃を乾杯するように上げて笑った。

「実はなおひな、まだ犯人はわからないままだが、仙太郎と懇意《こんい》だった女が昨年殺された。その女は妊娠していた。妊娠したために殺されたのだと言われている。お前の言うとおり都合が悪くなると豹変《ひょうへん》する男だっているのだ。仙太郎もその部類だ。そんな男とは早く見切りをつけるに限るのだ」

するとおひなは、

「もしかして旦那、その女というのは、両国の矢場のおたよっていう……」

顔を強ばらせて訊いた。

「そうだ……知っているのか」

「……」

おひなは眉をしかめて頷いた。

「あいつの、若旦那の女だった人さ……私は若旦那を独り占めにしたいばっかりに、よく嫌みを言ったものさ。誰彼かまわず男を引き入れるあんな矢場の女のどこがいいんだってね。そしたらある日の晩だった、一年前の寒い晩……そうだ、立春はとうに過ぎているのに雪が降った日だったんだ。若旦那がふらふらしてやって来たのは、夜半も過ぎた頃でしたね。あいつは死んだ、誰かに殺された、なんて口走ってね」

求馬は息を詰めて聞いている。

おひなはそこで立ち止まって考えているふうだったが、

「そうだったんだ、あの女のお腹には赤ちゃんがいたんですか……」

呟いて、はっとして求馬を見た。みるみる顔が恐怖に包まれる。

「旦那、まさか、若旦那があの女を殺したんじゃないでしょうね」

「疑われているのは確かだな」

「ちょっと待って……」

おひなは記憶をたぐり寄せるような目で宙をとらえていたが、

「そういや、若旦那は、青い顔して、そうそう、袖が取れそうになってたものだから、私がその着物を脱がそうとしたの、繕《つくろ》ってあげようと思って……そしたら、触るなって、恐ろしい顔して言ったんですよ」

はっと求馬を見返して、

「旦那！」

「……」

七

「浦島さん、一年前の、矢場のおたよが殺された晩のことを覚えているか。たとえば雨が降っていたとか、天候のことだが」

求馬は、お竹が出してくれた茶碗を取り上げ、ちらと浦島を見た。

千鶴も浦島に視線を遣った。診察を終えた茶の一服は格別である。

お道は患者に薬を届けに出たところで、診療室には求馬と亀之助が入って来て思い思いに座ったところである。

縁側の向こうには満開の梅の花が午後の日を浴び、その枝には花のほころびを偵察するように小鳥が飛んで来る。小鳥は、ちっと鳴いてはまたすぐに飛び去ってしまうのだが、いかにものどかな初春の風景だ。

浦島も茶碗を取り、ちらと今飛び立った鳥の行方に視線を投げてから顔を戻して求馬に言った。

「覚えているとも。殺されたのは深夜未明に雪が降った晩だった。朝には止んでいて、俺たちが矢場に出向いた時には雪は解けて道に氷のようになって張りついていた。歩くのに難儀した。うっかり転んで舌を噛んだ者もいる」

「あらそれ、浦島様なんでしょ」

千鶴が笑って聞くと、亀之助は頭を掻いて、

「先生はなんでもお見通しだ。実はしばらく痛くて大変だったんだから」

苦笑した。

「間違いないな」

求馬は昨夜訊いてきたおひなの話を二人にした。

雪のちらつく寒い晩に、仙太郎はおたよが死んだと言い、おひなの店に立ち寄った話である。

「まことの話か……おひなが本当にそんな事を言ったのか」

亀之助は目を剝いて、

「まったく、どうなってるんだ」

歯ぎしりをする。

なにしろ一年前に亀之助たちもおひなの店に話を聞きに行ったのだが、その時おひなは、何も知らない、若旦那は来ていない、仙太郎様が犯罪に手を出す筈がないなどと言い、仙太郎を庇《かば》って強く否定したのであった。

「印象としては、若旦那は真っ黒ですね」

千鶴が呟いた。

「千鶴殿、おひなが話してくれたのは、それだけではないぞ」

求馬は体を起こすと、息をついて千鶴を、そして亀之助を見た。

「おひなはな、仙太郎は源八に脅されていたと言っていたぞ」

「何、どういう事だ。源八は仲間じゃないのか」

亀之助が驚いた顔で求馬を見返した。

求馬は頷くと、

「二人は悪所通いの仲間だった。おひなの店にも源八は顔を出していた。ところが源八は仙太郎を脅していたという。何か仙太郎には弱みがあったということだ」

「ある！」

亀之助は手を打って声を上げ、

「千鶴先生には昨晩話したところだが……」

猫八と聞き込みをした、ももんじ屋の弥吉の話を、亀之助は求馬に告げた。

「なるほどな。俺がおひなに聞いた話も、源八が仙太郎と店の二階で話し込んだのは二十日ほど前だと言っていた。おひなはその時、段梯子に腰を下ろして盗み聞きしていたのだ」

「菊池殿、二十日ほど前といえば源八が殺される直前だ」

亀之助は声を上げげた。

「求馬様、おひなさんは、二人の話の中味を聞いているんでしょう。どういう話だったんですか」

「源八は仙太郎にこう言っていたそうだ。あんたは、七之助の女房に暮らしの金を渡してやると約束していた筈だが、その気配もない。七之助はあんたの為に姿を消したんだぞ。いいか、俺はなにもかも知っている。だが、ものは相談だ。そのことをおしかや岡っ引に知られたくなかったら、仙太郎、俺に三十両の口止め料を出すんだな」

「……」

千鶴は息を飲んだ。

これまでの話をまとめてみると、矢場のおたよを殺したのも仙太郎なら、事件の一部始終を知っていた源八から脅されて、今度は口封じのために源八を殺したのも仙太郎という事になる。

――でも、状況としてはそうなるが、確たる証拠がない。

それに、求馬の話では、仙太郎は青っ白い日陰のもやしのような男だと言っていた。そんなヤワな感じの仙太郎が、矢場の女はともかくも、源八をたやすく殺せるものだろうか。

千鶴が、めまぐるしく考えていた時だった。

「うちの旦那も来てますね」

猫八が、めくら縞の着物を着たヤクザな男を連れて入って来た。

「おい、お前、覚えているんじゃないのか。この方が千鶴先生だ。こちらはお旗本の菊池様だ。そしてこっちはうちのもしもし亀よの、いや浦島の旦那だ。聞かれたことに正直に答えねえと、お前、明日は小伝馬町の牢屋だからな、わかってるな」

男を頭ごなしに脅し、みんなの前に跪《ひざまず》かせた。

男は、不承不承《ふしょうぶしょう》の顔で膝をついたが、その目は横を向いている。

赤茶けた顔の、目のぎょろりとしたあの男だった。そう、おしかに賭場の借金を返せと脅していた男である。

「先生、この野郎は、回向院《えこういん》の門前にある浮世絵屋の二階で賭場を開いている益《ます》五郎《ごろう》って奴の子分なんですがね、客に貸した金の取り立てをしている又蔵《またぞう》というけちな野郎です。先生がおっしゃってた七之助の借金ですが、おい、お前、お前の口から白状しな」

猫八は、又蔵の背を十手でこづいた。

又蔵は、びくっとして千鶴を見た。

「へ、へい。あの借金は、仙太郎若旦那のもので、へい」

「なんと……では、借りてもいないお金の取り立てをしてたんですか」

千鶴が怒った。

「まあ、そんな訳で」

「おい、もっと詳しく話せ」

猫八がまたこづく。

「へ、へい。七之助は若旦那について来ていただけで、へい。博奕に手を出してはおりやせん。あの金は、若旦那に貸した金で、七之助の女房を脅せば金は貰えるなどというものですから、つい」

「なんてことを……」

千鶴は又蔵の側にしゃがむと、

「どんなにあの母子が苦労しているか……」

　きっと睨み据えると、

「猫八さん、浦島様、こんな人を野放しにしているから、善良な人たちが泣くのです。博奕は御法度、小伝馬町に送れば死罪か遠島、きちっと成敗して下さい」

　憤然と立って又蔵を見下ろした。

「当然だな、おい、猫八、しょっぴけ」

　亀之助が十手を抜いた。

「お待ち下さいませ。あっしだって命は惜しい。仙太郎さんに逆らったら命はねえんだ」

　又蔵は猫八に取りすがる。

「馬鹿なことを申すな。お前の立派なその体が、なんであんなひょろひょろの若旦那を怖がることがある」

「わ、若旦那は術を持ってやす。柔《やわら》です。とてもあっしがかなう相手じゃございません」

「柔……若旦那は柔をやるんですか」

　千鶴は、驚いて聞き返した。

千鶴の脳裏に、源八の首にあった強い指の痕が甦《よみがえ》る。

——矢場のおたよの首にも、指の痕があったと聞いている。

千鶴は求馬の顔を振り返って見た。

求馬も険しい顔をして、頷いた。


「私に手紙？」

飛脚人が差し出した封書を、仙太郎は店の戸口で怪訝な顔で受け取った。

すぐに送り主を見て、顔色を変えた。

「じゃ、渡しましたぜ」

飛脚が去ると、仙太郎は手紙を懐に入れ、近くの稲荷《いなり》に入って行った。

外からは見えにくい木の陰で手紙を開く。

険しい顔で読み終えた仙太郎は、手紙を懐にねじ入れると、稲荷を出て、前を睨み据えて歩き出した。

『金がなくなった。品川《しながわ》の、廃寺天光寺にいる。七』

仙太郎の頭の中を、手紙の文言がぐるぐる回っている。

——まずい、今頃どうして帰ってきた。

怒りが体の中を駆けめぐる。

——とはいえ一刻も早く、奴を品川から追っ払わねば。

仙太郎は足を速めた。

無言で、前を見据えて大股で歩く仙太郎が、品川に着いたのは、一刻（二時間）余後の夕刻だった。

旅籠《はたご》には夕刻の慌ただしいざわめきがあり、誰も仙太郎の姿などに目をとめる者はいない。

「すまない、天光寺ってお寺はどこだね」

仙太郎は客の呼び込みをやっている中年の女にその場所を聞き、女の指さす方角に足を向けた。

それは、大通りから入って、建てつけの悪い古い家が続いた先に、さびしげに朽ちかけた門が構えてあった。

辺りには誰もいない。一応見渡してから中に入った。

枯れた茅《かや》の塊《かたまり》が、庭のあちらこちらに見える。梅の木も一本あって、水気のない小さな花をつけていた。

さすがに不気味な感じがしたが、仙太郎は本堂の前で呼んだ。

「俺だ、仙太郎だ。七之助！」

だが、辺りは静かだった。

「おい、七之助」

もう一度呼ぶと、歯ぎしりするような扉が軋《きし》む音がして、旅姿で顔に包帯をぐるぐるに巻いた男が本堂の中から出てきた。

男との距離は五間（九メートル）はある。薄墨色に染まり始めた廃寺の中で、しかも包帯で顔を巻いていては、顔は判然とはしない。

「若さん」

呼びかけた言葉は、七之助だった。

七之助は仙太郎にとっては、どこまでいっても主従の間柄だ。

仙太郎は七之助のことを「しち」と呼んでいたし、七之助は「わかさん」と呼んでいた。顔が判然としなくても、自分を若と呼ぶのは、七之助の他にはいない。

目の前の男は、間違いなく七之助だと仙太郎は思った。

「どうしたんだ、その顔は……」

ゆっくりと足を進めながら七之助の顔をのぞき見るようにして言った。

七之助は、顔を両手で隠すようにした。

「誰も咎めているんじゃない。お前には苦労させていると思っている」

「……」

七之助は俯《うつむ》いた。じっと逃亡生活に耐えているようにも見える。

「なあに、あと一年、いや、二年逃げていてくれ。それとも何か……お前がおたよを殺《や》ったと番屋に出てくれたら、お前の女房と娘は私が一生面倒みるよ」

「ああ、おしか、おうめ」

七之助は膝をついて泣き出した。

「心配いらないって、何不自由なく幸せに暮らしている。どうだ七之助、聞いてくれるな」

七之助は、激しく首を横に振った。

「七之助……」

仙太郎の顔が、鬼のようになったかと思うと、いきなり、七之助の襟首をつかんだ。

締め上げて仰向けに押し倒し、その首もとに指を置いた。

「殺してやる、俺の殺しを知っているのは、お前一人。源八はあの世に私のこの手で送ってやった」

締め上げようとしたその刹那《せつな》、

「いてて！」

仙太郎は、伸ばしていた手を逆にねじ上げられた。バネがかりのように七之助は体を起こし、仙太郎に背負い投げを食らわした。

「うわっ」

仙太郎は、三間（五・四メートル）も先の草むらの中に落ちた。

起き上がろうとした仙太郎に、亀之助と猫八がどこからか走り出て来て、

「全て聞いたぞ。仙太郎、おたよ殺し、それに源八殺しで召し捕る」

二人は仙太郎に飛びかかった。

「放せ、やめろ」

「うるせえ！」

声を上げながら、亀之助と猫八は、仙之助を十手で打ち据える。

ようやく観念した仙太郎に、猫八が吠えた。

「見苦しいや。お前が柔術の技をつかって倒し、首に手を当てて絞め殺したのはわかってら」

「ちくしょう……」

歯軋りした仙太郎が、ちらと七之助の方を見て、はっと目を丸くした。

七之助が包帯をとったのだ。

そこに現れたのは、求馬の顔だったのだ。

「誰だお前は……どうなってるんだ。騙したな、ちくしょう」

喚《わめ》きながら仙太郎は亀之助と猫八に引かれていく。

見送る求馬の側に、静かに千鶴が近づいた。

「こんな簡単にひっかかるとはね」


千鶴はこの日、髪に小さな梅のひと枝を挿《さ》して小伝馬町の牢に入った。

「診察ではございませんから、見回りだけですので」

千鶴はそう言うと、下男の重蔵だけを連れて外鞘の中に入った。

この外鞘の中というのは、いわば牢内の廊下のようなものである。

そこを歩く千鶴の姿を、重蔵はまじまじと見て頬をゆるめた。

なにしろ、淀んだ牢屋の中が、千鶴の髪にある梅のひと枝で、清冽《せいれつ》な空気につつまれたような気がしたからである。

――野暮な男医者じゃあ、こうはいかねえ。

重蔵は弾む気持ちを抑えて女牢の前に立つと、

「お勝、千鶴先生だ」

鞘の中に呼びかけた。

「あいてて、いてて」

お勝は悲鳴を上げながら内鞘の外に出てきて、縁台に敷いた筵《むしろ》に横になった。

重蔵は、ぶらぶらと隣の牢内に歩いて行った。

ちらとその姿に視線を走らせると、お勝は小さな声で千鶴に言った。

「先生、娘に会って下さったんですね」

お勝は千鶴があのあと何も知らせていないのに、千鶴がおしかに会っている事を知っていた。

「どうして知ってるの」

「蛇《じゃ》の道は蛇《へび》、先生、この通りです」

お勝は手を合わせた。

「もう二度とこんな頼み事はいけませんよ」

千鶴はお勝を睨んだ。

これは千鶴の推測だが、お勝は昔この牢にいた者の助けを借りて、おしかの窮状を知った節がある。

それが誰なのか詮索出来ないでもないが、永牢となっているお勝の母心、千鶴は見て見ぬふりしてやろうと思っている。

千鶴は、懐からお勝に預かっていた五両の金の入った包みを取り出し、お勝の手に握らせた。

お勝の顔が、みるみる不服そうになった。

「先生、渡してくれなかったんですか」

「渡そうとしたのですが、おしかさんは、こう言ってましたよ。おっかさんの気持ちだけで十分ですって」

「おしかが……」

「ええ、こうも言ってました。おっかさんの気持ちを宝にして生きていきますって……だからこれは、ね」

千鶴は、お勝が包みを握っている手を、とんと叩くように触った。

千鶴は、お勝に成り代わって五両の金をおしかに渡した事は言わなかった。

「そうですか、おしかがそんなことを……」

お勝は包みを懐につっこむと目頭を押さえた。

「そうそう、預かってきたものがあります」

千鶴は、すばやくお勝の袖に紙片をつっこんだ。そしてお勝の耳元に告げた。

「お孫さんの、おうめちゃんの手形です」

「ま、孫の手形!……孫の名がおうめ?」

「ええ、そうです。おうめちゃんですよ。三歳の可愛い女の子、その手形です」

「おうめ……」

お勝はもう一度感慨深く孫の名を呼ぶと、紙片が入った袖を抱きしめた。

「そうだ、もうひとつありました」

千鶴は、にこりと笑うと、髪に挿してきた梅のひと枝を、白い腕を伸ばして髪から引き抜くと、お勝の手に渡してやった。

「先生……」

見上げたお勝に、

「お勝さんが植えた長屋の梅……」

「長屋の……梅」

お勝は凝然として見詰める。

「毎年可愛い花が咲いて、毎年たくさんの実がなるんですって。長屋の皆さん、喜んでいましたよ」

「くっ……くっくっ」

お勝は枝を見詰めて嗚咽《おえつ》を漏らした。

「早く御赦免《ごしゃめん》になるといいわね、お勝さん」

千鶴はそう告げると、

「さあ、もう大丈夫。明日からしっかりと歩けますよ」

大きな声で言い、立ち上がった。

まだひと仕事ある。東海道筋の宿場宿場を泊まり歩いているという七之助を捜し出さなければならない。

御奉行所から宿場宿場の役人に通達して、一斉に捜してくれるらしいから、近い日に七之助は江戸に帰って来る筈である。

――早く見つかりますように。

千鶴は、小伝馬町の牢屋を出たところで振り返った。

第二話　草餅

一

珍しく酔楽《すいらく》が千鶴の治療院にやって来たのは、そろそろ夜食の支度《したく》を始めようかという頃だった。

「千鶴、土産《みやげ》だ」

釣《つ》り竿《ざお》を左手に、右手に魚籠《びく》を持ち、袖無し羽織に軽衫《かるさん》姿で、両脇に求馬と五《ご》郎《ろ》政《まさ》を連れていた。

酔楽は、亡くなった千鶴の父の親友で今は千鶴の父親代わり。酒を片手に根岸《ねぎし》の里できままな暮らしをしているのだが、治療院に顔を出すことはあまりない。

「釣りに行ってらしたんですか」

千鶴が魚籠を受け取り中を覗くと、黒い大きな魚が突然動いた。

「きゃ」

さすがの千鶴も声を上げる。

「はっはっ」

酔楽は腹を突き出して笑った。

「何がおかしいのですか」

千鶴が膨れてみせると、

「どんな深手の傷を見ても驚かぬお前が、鯉《こい》が尾ひれを振っただけで声を上げるとは、お前も娘だったのかと思ったまでよ」

「いじわるね、おじさま」

千鶴は小走りして出迎えたお竹に魚籠を渡した。

「若先生、大物の鯉二匹の大漁です。昼過ぎから親分と求馬の兄貴と三人で山谷《さんや》堀《ぼり》に参りやしてね」

五郎政が楽しそうに話を取った。

「釣り上げたのはおじさまじゃないでしょ」

「当たり」

五郎政は、そうだとばかり手を打って、

「釣ったのはあっしと兄貴、親分ときたらこれがからきし駄目でしてね。もっとも酔っぱらいの親分の糸にかかるようなドジな鯉などおりやせんから」

「おい五郎政、口が過ぎるぞ。誰が釣ったか言わない約束だったじゃないか」

酔楽がむっとしてもごもご言ったが、そんな事で気遣いをする五郎政ではない。

「親分、どうせばれる事ですから」

「そういう訳でな、釣ったはいいが食べきれないから、こちらで調理して皆でいただこうという話になったのだ」

五郎政の話を求馬が受けて言い、一同は台所にわいわい言いながら移動した。

そうしてお茶の一服もせぬうちに、

「おい、襷《たすき》だ。それから切れ味のいい包丁、前垂《まえだ》れもあったら貸してくれ」

酔楽は張り切って次々に注文し、素早く身支度を整えると、俎《まないた》の上に鯉を置いた。

鯉はまだ尾を時折弱々しく振ってはいるが俎から撥《は》ね出る元気はもう失せてしまっていた。

「でも、どうでしょうか。泥抜きしなくても大丈夫ですか」

側からお竹が酔楽の顔を窺う。

「泥抜き……なあに、一匹は鯉こく、もう一匹はあらいにしようと思っている。大丈夫だ。それよりお竹、からしみそをつくってくれ。それと、みりん、料理酒はあるかな」

ひとかどの調理人の顔で酔楽は次々と訊く。

「はい、ございますよ」

「湯も沸かしてくれ。冷たい井戸の水もいるな」

「はいはい」

お竹が湯を沸かしにかかると、

「よし、いいか、求馬、五郎政。よく見ておくんだ」

酔楽は俎の上の鯉の頭をむんずと左手でつかんだ。

千鶴も物珍しくて酔楽の手元を注視する。

「まず、鯉のさばき方だな。左手でこうして鯉の首を押さえる。この時尾ひれが手前に来るように握るのだ」

酔楽は説明しながら、包丁を尾ひれに入れた。すいすいとさばく手はなかなかのものである。

「おい、お前、やってみるか」

酔楽は、途中で顔を五郎政に向けた。

「あっし……とんでもねえ。魚をさばくのだけは駄目だって、親分はよくご存知じゃありませんか」

五郎政はぶるぶると首を振った。

「求馬」

今度は求馬にやれと言う。

「わかりました。やってみましょう」

求馬が腕まくりをし、前垂れを着けた。慎重に包丁を入れていくが、なかなか思うようにはいかないようだ。

酔楽は腰のひょうたんを引き抜くと、中に入っている酒を呑みながら求馬の包丁さばきを眺めていたが、

「馬鹿、それじゃあ駄目だ。ちょっと貸してみろ」

結局不慣れな手つきの求馬のさばき方に業を煮やし、また酔楽が魚をさばきはじめた。

「おじさま、驚きました。とてもお上手じゃありませんか」

千鶴が褒《ほ》めると、

「なあに、魚をさばくも、女をさばくも、コツは一緒だ。やさしくやさしくな……騙して騙して包丁を入れるんだ」

「嫌なおじさま」

千鶴が睨《にら》むと、

「年季が入っている俺様が言うことだ。見てみろ、この二人を」

側で苦笑いしている求馬と五郎政をちらりと見遣って、

「この二人に女が出来んのは、そういう事だ。五郎政はやみくもに慌てて包丁を入れる。これじゃあ駄目だ。また求馬は慎重すぎてこれも駄目だ。気の毒なことだな、はっはっ。おいぼれとはいえ、まだまだわしには勝てぬということだ」

酔楽が上機嫌に笑った時、お道が神妙な顔をして入って来た。

「先生、患者さんが」

ちらと玄関を目で示す。

「今頃、どなたですか？」

「それが……初めての方なんですが、何か深い事情があるようです。先生は往診だって言いましょうか」

「いえ、参ります。お道ちゃんは診療室に灯りを、お願いね」

千鶴は急いで台所を出た。

「おなかといいます」

千鶴が燭台《しょくだい》を手に玄関に出て行くと、女は紫の色のかぶり物をして立っていた。

色の白い、ぽっちゃりとした女だった。年の頃は三十前後かと思われるが、着ている物は上物ながら、しどけない着方をしていて崩れた雰囲気をまとっていた。

しかも女の頬には暗い翳《かげ》が張りついている。

「一人でいらしたんですか」

千鶴は女の背の向こうに目を遣った。

玄関から門に向かって伸びている石畳を闇が覆い始めていたが、強い風が玄関脇の黒竹の葉を揺らしている。昼間のうちは穏やかな日和《ひより》だったのに、夕刻から少し荒れ模様になったようだ。

こんな日は、人々は外出を極力控えるものだが、おなかという女は、天候のことよりも町が闇に包まれるのを待ってやって来たように思われた。

頭巾《ずきん》の下の表情に怯えが見えて落ち着かない様子だった。

「戸を閉めてお上がりなさい」

千鶴は女を促すと、診療室に入れた。

「どこが具合悪いのですか」

対面すると千鶴は訊いた。

女は千鶴の視線を避けるようにうつむき加減にして言った。

「ええ、実は食欲がないんです。なんにも食べたくないんです」

「胃腸の具合が悪い？」

「ご飯の匂いや味噌汁《みそしる》の匂いを嗅ぐと気分が悪くなってしまって」

「いつからですか」

「四、五日前からです」

「わかりました。そこの台に横になってみて下さい」

「帯をゆるめて下さいね」

側からお道が手を添える。

おなかは小さく頷くと、台の上に仰向けに寝そべった。

千鶴はおなかの舌を診て、脈をとり、次に胸を開けて腹を探った。

「どこか痛いところがありますか……あったら言って下さい」

一通り触診すると、おなかに起き上がるように促して、

「もう少し様子をみなくてはいけませんが、赤ちゃんが出来たんだと思いますね」

千鶴の言葉に、おなかはぎょっとした顔を上げた。そしてすぐに尋ねた。

「先生、もしそうだったとしたら、その時には、お腹の子は堕《お》ろせますか」

「堕ろす……」

千鶴はおなかの顔をじっと見る。

おなかは、困った顔をして目を伏せた。

「赤ちゃんを産めない事情があるのですか」

「ええ、産みたくありません」

小さい声だが、はっきりと言った。

「ご亭主とよく相談して……」

「亭主はおりません」

千鶴が全部を言い終わらぬうちにおなかはそう言った。

「私、妾《めかけ》です」

「お妾さんだって子は産みますよ」

「気持ちの添わぬ人の子です。それに、私いまは人の前には出られない事情があるんです。こうして夜にお訪ねしたのもそのためです。そんな私が赤ちゃんを育てることは出来ません」

「それは困りましたね」

「……」

「おなかさんといいましたね。子を堕ろすのは命がけですよ」

「先生、子を産むのだって命がけだと聞いています」

「それはそうですが、私は天から授かったものを堕ろすなんて勧めません。医者は人の命を救うのが仕事」

「でも、母からも誰からも望まれない子は生まれてきても不幸なだけです」

「どうしてそんな風に決めつけるんでしょう。不幸か幸せかは、その人その人が思うことです」

「私にはわかるんです……先生、私は出職の大工の家に生まれた三女ですが、私たち姉妹はいつも母親からこんな風に言われてきました。おっかさんがこんな薄汚い長屋で苦労をしているのは、みんなあんたたちのせいなんだって……あんたたちさえ生まれてこなかったら、あたしゃ、おとっつぁんと一緒にいやしないよ。とっくに家を出て、もう少しましな暮らしをしている筈だったって……」

「……」

「私たち姉妹は、母親が父親と派手な喧嘩をするたびに、ああ、私たちがいるから、おとっつぁんも、おっかさんも幸せじゃないんだって自分たちを責めました。生まれてくるんじゃなかったって」

「おなかさん」

千鶴は静かに言った。

「人は喧嘩をして気持ちが高ぶっている時には、思ってもみない事を言うこともあるでしょう。でもだからと言って、あなたのおっかさんがあなたたち姉妹を愛おしく思っていなかったということにはならないでしょう。だって大人になるまで育ててくれたんですからね」

「……」

「私のところにはいろんな患者さんがみえますが、あなたと似たような話をしていた人を思い出しました。その人はね、末吉《すえきち》さんて言いましてね、お前はいらない子だったと言われて育った人です。でもお嫁さんを貰って自分にも子が出来て、その子の寝顔を見ているとつくづく思ったそうですよ。ああ、産んでもらって良かった、我が子の顔をこうして見られるのはこの世に生まれてきたからだって」

「……」

「末吉さんは田舎の小百姓の末っ子でした。貧しい時には野山の草を摘んで一家は飢えをしのいだといいます。食べていけない者たちは赤子を殺したり捨てたりすることだってある。今考えたら、元気でこうして大人になれたのは両親のお陰だって……」

「ふっ」

　おなかは鼻で笑ってから呟いた。

「その人、好きな人と所帯を持ったんですから結構じゃないですか。あたしはそういう事も望めないのです」

「そうそう、こんな事も言ってましたね。たった一度だが、おとっつぁんはおいらの事を可愛く思ってくれていたんだと思ったことがあったと……それはね、二人で山に薪《たきぎ》をとりに入った時のこと、たわわに実る木イチゴを見つけたんだそうです。すると末吉さんのおとっつぁんは、一生懸命木イチゴを取ってくれてね、おいお前、食え、腹一杯食えって、両掌に木イチゴをいっぱい載せてくれたんだそうですよ。末吉さんは木イチゴにかぶりついた。その時子供心にも、じいんときたって言ってましたね」

「先生、私は一度もそんなことはありませんでした。それに、年頃になったら金を稼げって岡場所に売られたんですからね」

「……」

千鶴は黙った。おなかには、今は何を言っても受け入れられないようだった。

「じゃ、先生、こちらでは堕ろして頂けないってことですね」

おなかは念を押すと、さすがにがっかりした様子で、

「そう、じゃあ」

立ち上がった。なげやりな表情が顔を覆っている。

千鶴は背を向けて診療室を出ようとしたおなかに言った。

「お腹の子は誰でもない、あなたがつくった赤ちゃんじゃないのですか」

どんな事情があろうと、たとえ一日でも腹の子の命を真剣に考えて、それでも

堕ろすしかないと泣く泣く決意するならばともかく、子が出来ていると知るや即刻に堕ろす選択をするなどと、あまりに短絡的ではないかと千鶴は思ったのだ。

するとおなかは、くるりと千鶴に向き直った。

「先生にはわからないんですよ。嫌な男に、歯を食いしばって体投げ出して、それで子が出来た女の気持ち……堕ろせないというのなら、私、死ぬしかありません」

おなかは、言い捨てて玄関に向かった。

「あっ、待って、まだ薬礼を……」

お道が後を追っかけようとするのを、千鶴は止めた。

「いいのですよ、薬礼は……それより、五郎政さんにあの人の所を確かめてくるように頼んで下さい」

「若先生」

ひょいと五郎政が顔を出した。どうやら聞いていたらしく、

「あっしにお任せを」

五郎政はにっと笑うと、おなかを追って玄関に向かった。

二

おなかは、千鶴の治療院を出ると北に向かった。柳原通りに出ると右手に折れ、新《あたら》し橋《ばし》を渡ると、向柳原《むこうやなぎわら》と呼ばれる武家地に入った。

途端に人の行き来は絶え、月明かりが注ぐ夜道も侘《わ》びしいばかりだ。

——この通りなら人の目にはつかんということだな。まったく、これから鯉の料理に舌鼓《したつづみ》を打つつもりだったのに、迷惑なこった。

千鶴にいいとこ見せようとして、自分から言い出した五郎政だが、今頃親分も兄貴も一杯やって鯉を食ってると思うと生唾が出る。

——これで見逃しては鯉を我慢した意味がねえ。

五郎政は前を見据えて黙々と尾《つ》けていく。

——おや。

五郎政は、三味線堀《しゃみせんぼり》にかかる手前で足を止め、武家屋敷の塀に体をつけた。

前を行くおなかの後ろに、ひょいと黒い影が現れたのだ。

影は、着流しの男だった。通りがかりの者かと思われたが、男はおなかの背を見据えて追っていく。

——あの男、おなかを何故尾《つ》ける。

怪訝《けげん》に思ったが、そこは蛇《じゃ》の道は蛇《へび》。男がけっして日の当たる場所では生きられない、無宿人かやくざか、あるいは博奕打《ばくちう》ちか、そういった悪所に住む男だろうことは、容易に察せられる。

昔は五郎政も、前を行く男と同じ臭いをまとい、強がって暮らしていたものだ。

男は、時折押し寄せてくる強い風に襟を合わせ、首を竦《すく》め、ちらちらと鋭い視線を月の光の届かぬ闇に走らせて、おなかを尾ける。

男は背の高い男だった。やせ形だが、足の運び身のこなしに俊敏なものが窺えた。

男は、おなかに近づくでもなく、一定の距離を置いている。

ふっとおなかが立ち止まって、首を回して辺りに目を凝《こ》らした時、男は慌てて黒一色に包まれている光の届かぬ屋敷の塀に、いもりのように張りついた。

怪しげな男に尾けられているとも知らないおなかは、時折見渡して月明かりの中に人の影のないのを確かめると、ほっとしたようにまた歩き出すのだった。

おなかが次に足を止めたのは、下谷《したや》の、とある寺の門前だった。この辺りは一帯が寺町になっていて、迷わずおなかがそのうちのひとつの寺の前に立ち止まったという事は、目の前の寺となんらかの関係がある筈だった。

ただ、すでに門扉は閉まっている。どうするのかと見ていると、辺りを見渡して人気のないのを確かめてから、おなかは潜り戸をこつこつと叩いた。

すると、戸が開いて小僧が顔を出した。

おなかが小さく頭を下げて礼を言った。すると、中から僧が一人するりと出てきた。

「かくしんさま……」

おなかは驚いたように僧の顔を見上げた。

「心配したぞ、何処《どこ》に行っていたんだ」

僧はおなかに言い、寺の中に入れたのである。

——かくしん……あの坊さんをかくしんと言ったな。忘れちゃいけねえ。かくしんだな。

五郎政は何度も反芻《はんすう》して、

——おなかの住まいは、この寺という事か……だとすると、寺に女を住まわせてるのか……とんでもねえ生臭坊主だ。

小さな音を立てて閉まった潜り戸を見ていると、あの男が門扉の前に走り寄るのが見えた。

男は寺の塀の左右を確かめるように眺めていたが、諦めたのか引き返していった。

五郎政も門扉に近づいた。寺の名を確かめた。

「臨光寺《りんこうじ》……だな」

そして、すぐさま今度は先ほどの男の後を追った。

見失ったかと思ったが、男は背を丸めて歩いていた。あとはねぐらに帰るばかりか足取りは速い。

男は寺地を抜けると阿部川町《あべがわちょう》に入った。そして、新堀川《しんぼりがわ》に出ると北に向かい、河岸通りに立つ一軒の仕舞屋《しもたや》に入った。

白木の格子戸のついた二階屋だった。

五郎政は格子戸に近づくと中を覗いた。だが、家の中の灯りがぼんやり玄関の障子戸に映っているだけで、人のいる賑やかな気配はない。

五郎政は決心して格子戸を軽く叩いておとないを入れた。

「ごめんなさいよ、おいでになりますか」

声を潜めて二度三度、戸を叩く。

するとどうだ、先の男が面倒くさそうな顔をして出てきた。五郎政をじろりと見て言った。

「誰だい、おめえさんは」

思った通り、男は悪相だった。眉が薄く目が鋭く、顔はぬめりとしたへびのような男だった。

「へい、ちょいとお尋ねいたしやすが、こちら様は、仏の善兵衛《ぜんべえ》さんの家でございますか」

思いつきで適当な名を出して訊いてみた。

「仏の善兵衛だと……」

男は、うっとうしそうな顔で見た。

「へい、あっしは池袋《いけぶくろ》村から出てきやしたが、迷っちまって、ここらへんだと聞いてはいるんですが、違いやすか」

「他を当たりな、ここじゃねえ」

ぶっきらぼうに男は返してきた。

「おかしいな、ではこちらの家はどちら様で」

「ったく、大和屋《やまとや》のご隠居の家だ」

「大和屋？」

「善兵衛などではねえって言ってるだろ！」

男は恐ろしい顔で怒鳴った。

「申しわけありやせん。お手間をとらせやした」

五郎政はぺこりと頭を下げた。そして、中に引き返す男の背中の向こう、玄関の中を窺った。

刹那《せつな》、ぎょっとする。

薄明かりの中に猛獣がこちらを向いているではないか。

目がランランとして今にもこちらに飛び出してきそうである。

五郎政の足は、鳥もちがついたように地面に張りついてしまった。動かそうと思っても動かない。膝がぶるぶる震えているのが自分でもわかった。

男は猛獣のいる玄関に入った。戸を閉めようとして、ふっと見た。まだ格子戸のところで仰天した顔で突っ立っている五郎政に気づいたらしく、

「ふっ」

にやりと笑うと、ぱちんと乱暴に玄関の戸を閉めた。

「あわわ、わわわ」

五郎政は、重い足を引きずるようにして、その家を離れた。


「今から考えたら、あれは猪《いのしし》なんかじゃねえ、猪ならあっしは田舎でこの目で見てら。あれは虎《とら》か、いや竜《りゅう》じゃねえか……。なにしろ玄関の中からあっしをこう、恐ろしい目で睨んでいたんですからね。今にも飛び出して来て食われるんじゃねえかと、さすがのあっしも肝《きも》を潰しやした」

五郎政は、身振り手振りで大和屋の隠居の家で見た猛獣とやらを、腕を広げてその大きさを口から泡を飛ばして説明した。

「五郎政さん、夢でも見たんじゃないの、大げさなんだから。そんな生き物が本当にいたとしたら、家の中でじっとしてる訳ないじゃない」

薬研《やげん》を使っているお道が手を止めてころころ笑う。

千鶴は、記帳していた患者の病歴書の綴《つづ》りを閉じて五郎政に向いた。側で亀之助がお竹から茶を貰って飲みながら訊いている。

五郎政の興奮はまだ冷めていないようだった。

なにしろ五郎政がおなかを尾けたのは昨夜のことだ。その後治療院に五郎政は戻ってこなかった。

夜更けて酔楽を根岸に送り届けたのは求馬だったが、皆心配して待っていたのである。

五郎政のことだ。もしや何かへまをして、帰れなくなったのではないかと案じていたのだ。

そしたら案の定、尾けて行った先で得体の知れない猛獣を見て腰を抜かし、這うようにして根岸に帰り、まずは遅れて帰って来た酔楽と求馬に話をしたようだが、千鶴のところには一夜明けてからやって来たのである。

おなかの事より猛獣の話に力が入り、お道にそれを笑われて、

「お道っちゃん、ほんとだって」

むきになって口をとんがらす。

「お道っちゃんの言うとおりですよ、五郎政さん。それより、おなかさんが寺に入って行ったというのは、間違いないのですか」

千鶴が訊いた。

「間違いねえって、若先生。あっしは浦島様じゃねえんだぜ。俺さまの目は確か

なんだ」

「五郎政」

亀之助がむっとしたところで、お道が訊いた。

「そのお寺、なんていう名のお寺ですか」

「お寺の名ですか……」

ちょっと天を仰いで考えていたが、

「忘れちまいました」

苦笑いして頭を掻いた。

「そんな事だと思った」

「若先生、あっしはそこに行けばわかりますよ、この寺だってね、それはわかります」

「それで、お坊さんはかくしんさん、そう呼んだのね、おなかさんは」

「へい、確かそのように聞こえましたが……」

五郎政は自信のない顔をすると、

「すみません若先生。あんまりびっくりさせられちまったんで、それまで覚えていたこと、ぱっと忘れちまったんですよ。申しわけねえ」

「しょうがない人ね」

千鶴は苦笑して立ち上がると、縁側に出た。

庭に差す日の光が暖かく感じられる。あちらこちらに新しい芽が伸びてきているのを確かめながら、千鶴は覚真《かくしん》という坊さんのことを思った。

覚真は下谷の臨光寺という寺の僧で、何度か托鉢《たくはつ》で回ってきて治療院の前に立っている。

それもこの二年ほどのことなのだが、昨年の暮れの、雪のちらつく冷たい日にも、門前に覚真はやって来た。

墨染の衣に舞い落ちる雪を払おうともせず、覚真は落ち着いた張りのある声でお経を上げ、千鶴が一朱金を椀の中に落とすと、深く頭をさげ、澄んだ目を向けてきた。

その時、改めて覚真に清廉な感じを受けたものだ。

覚真は体つきも良く、それに鍛えられていて、厳しい修行を積んできたことが察せられ、衣の下から言うに言われぬ仏につかえる男の色気が感じられる。

だからかどうか、お道にしてもお竹にしても、覚真には好感を持っていて、覚真が表に立つと、必ず誰かがお布施《ふせ》を渡しに門に走るのであった。

そんなことが続いたある日、お道がむりやりお茶を勧めたものだから、覚真は今千鶴が立っている縁側まで入って来て、茶を喫し、草餅をほおばったことがあった。

覚真は美味《おい》しそうに草餅を頬張ると、

「子供の頃には、こんな美味しい餡《あん》の入った草餅など食べたことはありませんよ。私が食べた草餅は、塩餡でした。餅にする粉よりもよもぎの草の方が多くてね、ごわごわした餅でした。それでも奪いあって食べたものです」

覚真は両手を合わせて頭を下げると、しみじみとそう言った。

千鶴が故郷を訊いたところ、

「山深い、貧しい村です」

あまり話したくないような口調で言った。

覚真は、村を出てから十三年になる。一度も帰ったことはない。仏門に入るという事は、親兄弟はむろんのこと、昔との縁をすっぱり切ることですからね、などと言いその日は帰って行った。

だがそれをきっかけにして、覚真は時には珍しい薬草を持って来てくれたり、寺で作るごま豆腐を持参してくれる事もある。

年に数回の交流だが、あの覚真を見ていて、いわくのありそうな女と縁を持つことなど考えられないことだった。

――あの覚真さんではないな。

おなかが、かくしんと呼んだというが、あの辺りは軒並み寺で、他の寺に同じ呼び名の坊さんがいたっておかしくない。

千鶴がつらつら考えていると、

「先生、まさかあの覚真さんじゃないでしょうね」

お道が不安そうに言った。

「かくしんを知ってるのか」

五郎政が驚いた。

「私たちが知っているのは、臨光寺の覚真さんです」

千鶴の言葉に、

「それだ。臨光寺だ、間違いねえ」

「まさか……」

千鶴は驚いてお道と顔を見合わせた。

「すると何か、覚真という坊さんは、寺に女を囲っているのか……それが本当なら大変なことになる。寺社内の事件は寺社奉行の管轄だが、町奉行所としても知らぬ顔は出来ぬな」

「浦島様、まさか、覚真さんにお縄をかけようなんて考えてるんじゃないでしょうね。もし、そんな事を考えているんなら、承知しないから。風邪をひいた、腹が痛いとここに来ても診てあげないから、ねえ先生」

お道の憤慨に、

「心配してやってるんじゃないか。そうだ、五郎政、その大和屋とかいう者が住んでいる家に案内しろ。たまには千鶴先生に借りをかえさなくてはな」

亀之助は茶を飲み干して立ち上がった。

三

「どうぞ、こちらでございます」

お花《はな》は、千鶴の先に立って廊下に出た。

お花というのはお道の姉で、日本橋の呉服問屋『伊勢屋《いせや》』の跡取り娘である。

お道は次女ということもあるのか、活発で物怖《ものお》じしない明るい性格の持ち主だが、お花の方は一見して物静かな感じのする娘だった。

お道とは二つ違いというから、千鶴の四つ年下という事になる。婿をとって伊勢屋を継ぐということだったが、まだ結婚はしていない。

だが、二人を並べてみると、姉は上物の美しい着物を着たお嬢様、妹は控えめな医者の弟子としてのこしらえで、随分と雰囲気が違って見えた。

千鶴の弟子に志願しなければ、お道はここで恵まれた何不自由のない暮らしをしているのにと思うと、千鶴は複雑な気持ちになった。

南町の同心、浦島亀之助が五郎政と大和屋を探りに行ったのは昨日のこと、千鶴も、

――なぜ女人禁制の寺におなかが入って行ったのか……しかも覚真が関わっているとは……腹の子は誰の子か。もしも寺の中でそういう事になっているとしたら、おなかもそうだが、覚真はどうなる？

仏門に携《たずさ》わる僧の女犯《にょぼん》は、格別に厳しいだけに気になって仕方がない。

そこで今日は思い切って臨光寺を訪ねてみようと思っていたところ、今朝早くお道の実家、伊勢屋から使いが来て、急遽《きゅうきょ》お道と二人、往診することになったのである。

使いの者の伝言は、伊勢屋の主《あるじ》である嘉右衛門《かえもん》が床について十日近くになるが、是非千鶴先生に診て頂きたいというものだった。

命を争うものでないことは使いの者に聞いていたが、案内してくれるお花の顔には心配が張りついていた。

「お道、お父さまもお母さまもお待ちかねですよ。どうしているんだろうねっていつも口癖だもの、だからって治療院に覗きに行くわけにもいかないでしょ」

「ねえ様、まさか、お父さまが病気っていうのは、私を呼び出すためだったの？」

「まさか、近頃体調がよくなくて、すっかりやつれてしまったのよ。だから、お忙しいとはわかっていたのですが、千鶴先生にお願いしたいって事になったんです」

お花が言った通り、案内された部屋に横になっていたお道の父嘉右衛門は、青白い顔をして寝ていた。

髪には白いものが走り、若い頃にはさぞかし町の女たちに人気があったのではないかと思われる目鼻立ちも、以前会った時に比べると精彩がない。

「お道がお世話になっております」

嘉右衛門が床から起きあがって礼を述べると、

「本日は往診下さいましてありがとうございます」

嘉右衛門の背に羽織をかけてやりながら、側につきそっている母親のおうたが頭を下げた。

「いったいどうしたの、お父さま。いつからですか、何故知らせてくれなかったのです」

お道は走り寄って父親をなじった。

「お道、お父さまはね、お前に心配かけてはいけないって、そのうちに良くなるだろうって思ってもいましたからね」

おうたは涙ぐむ。

「お道っちゃん、手伝って」

千鶴はお道に言いつけると、嘉右衛門の脈をとり、腹を探り、そして小さな金《かな》槌《づち》で膝を叩いてから心配そうな顔を向けているお道の両親に顔を向けた。

「腫満《しゅまん》ですね」

「腫満……やはりそうですか」

嘉右衛門は肩を落とした。腫満とは脚気《かっけ》のことである。

この頃脚気は江戸庶民たちの間にも多くみられて珍しい病気ではない。

ただこの病が厄介なのは、最初は手足が痺《しび》れるぐらいだが、病状が進むに連れて、歩行が困難になり、心の臓がおかされて、動悸《どうき》息切れが起こり、体がむくみ、ある日突然死が訪れるという恐ろしい病だった。

「今のところ脈の乱れもありません。でもこのまま放っておいたら大変なことになったでしょう」

「近頃足が痺れましてね、良くなったと思ったら、歩くのも辛くなって、こうして床についてしまうのです。日頃診療をお願いしている了安《りようあん》先生はむろんのこと、つてを頼ってお城にあがっているお医者にまで診て頂きましたがこの通りです。千鶴先生に診て頂いてすっきりしました。なにしろ商いは一日も手を抜けません。お花もなかなか婿を迎える気にはならないようで、私が寝つく訳にはいかないのです」

力なく嘉右衛門は訴える。

伊勢屋は奉公人が五十人は下らない大店《おおだな》である。それに、全国を飛び回って良質の絹地を仕入れてくる目利きも入れれば、七十人はいる大所帯である。

嘉右衛門の心配も、千鶴にはよくわかった。

「先生、私はあとどれくらい働けますか」

不安な顔で嘉右衛門が訊く。側でおうたもお花も心配そうな顔で見ている。

「そうですね、特効薬はございませんが、方法はひとつございます」

千鶴は、女中が持ってきた金だらいで軽く手をすすぐと、女中が差し出している真っ白い手ぬぐいで濡れた手を拭きながらそう言った。

「お教え下さい。お金に糸目はつけません」

おうたが膝を進めてくる。

「いえいえ、薬礼がどうのという話ではございません。おすすめしたいのは食養生ですからね」

「食養生？」

おうたは、きょとんとした顔で見た。

「はい、私たち蘭医《らんい》が調べてわかったのですが、この江戸では腫満におかされる人が多いのに、田舎の、たとえばお百姓で麦や大豆や、つまり雑穀をたくさん食べている人たちは脚気にはなっていません。実際この江戸の腫満の人たちに食養生を試してみましたが、良い結果が出ています」

「麦や雑穀を食べれば治ると、そういうことですか」

「はい、今ある痺れを抑えるお薬は差し上げますが、それとは別に、今日から雑穀入りのご飯を食べるようにしてみて下さい。今日始めて明日には治るというものではございませんが、きっともとの元気を取り戻せると思います」

「早速そのように……ありがとうございます。千鶴先生に往診をお願いして良かったこと、ねえ、おまえさま」

おうたは感激の声を上げて嘉右衛門と笑顔で喜び合った。

嘉右衛門も、ほっとした顔で何度も頷いていたが、ふと思い出したように切り出した。

「ところで先生、先生が往診して下さった時にはお尋ねしようと思っていたのですが」

ちらと娘のお道を見遣る。

「なんでしょう」

「お道のことです。お道は医者になれますか……」

真剣な顔で千鶴を見た。

「といいますと、どういうことでしょうか」

怪訝な顔で見返した。医者も様々、自分の事を棚に上げて言うのもなんだが、藪医者《やぶいしゃ》でもなんでもなろうと思えば医者にはなれる。

「いや、これはしたり。お尋ねの仕方が間違っておりました。実を申しますと、近頃このように体がいう事をきかない日があったりしますと、この先の伊勢屋のお店が案じられましてな。お道に医者の見込みがないのなら家に帰ってもらいたい。お花が婿をとるのが嫌ならお道に店を頼みたい。まあそんな事を考えておりまして」

笑みを漏らした。

嘉右衛門は体の不調を覚えて気弱になっているらしい。

だがすぐさまお道が、

「お父様、そんな話を持ち出して。止めて下さい。先生がどうおっしゃろうと、私、絶対やり抜きますから」

口をとんがらせた。

「お道、お道の気持ちもわからない訳ではありませんが、お父さまのことも、この家のことも良く考えて、ね。お花がすぐにでも御婿さんを貰ってくれればこんな話はしないいんですが、たくさんお話を頂いても嫌だ、まだ早いなどと断ってばかりで」

「またその話?」

おうたの言葉に反発して、お花が立ち上がって部屋の外に出て行った。

「こまった人ね、まったく……我が子がいないのならともかく、娘が二人もいて、こんなことに悩むなんて考えてもみませんでしたよ」

「おっかさま、あねさまには、誰が好きな人がいるんじゃないの」

お道の言葉に、おうたも嘉右衛門もぎょっとした顔をした。

「良く聞いてあげて、もしも好きな人がいるのなら、その人を御婿さんに迎えればいいじゃないの」

「お道、お前って子は……これだけの身代《しんだい》です。奉公人を路頭に迷わせることになってはいけません。婿にするには、それだけの人物でなければならないのです」

おうたの厳しい顔に、お道は頬を膨らませて黙った。

「こちら様の事情はよくわかりました」

千鶴は、家族のやりとりを聞いていたが、話が中断したところで、嘉右衛門に、そしておうたに目を向けた。

「先ほどの話に戻りますが、お道さんは私にとっては今ではなくてはならないお弟子です。勉強熱心ですし患者さんにも人気があります。近頃は往診も出来るようになりましたし、薬の調合もお願いしています。今年の春からは医学館の講義にも出て勉強して貰うつもりです。私はずっとお道さんを見てきましたが、男のお医者に負けないお医者にきっとなる、そう信じています」

千鶴は、真剣な顔で聞き耳を立てている嘉右衛門とおうたに告げた。そして、お道には、

「お道っちゃん、そうは言ってもお家の事情もあるようですから、皆さんと一度ゆっくりお話しして下さい」

「先生……」

お道は心許ない声を出す。

「一晩でも二晩でも良く話し合って、いいですね。だってあなたは、自分勝手に家を飛び出して私のところに参りましたね。ご両親はそれをこれまで許して下さっていたのですからね。じっと見守って下さったのです。私はね、いつかどこかで、よくご両親と相談した方がいい、そう思っていたのです」

千鶴はそう言うと、お道を置いて一人伊勢屋を退出した。

町廻りの亀之助と出会ったのは、本町の街角だった。先輩の同心と思われる人と一緒で、千鶴の姿を認めると、亀之助は先輩同心になにやら告げ、猫八と二人で千鶴の方に走って来た。

「いいところで会いました。実は話しておきたいことがありまして」

亀之助は難しい顔をつくると、

「立ち話もなんですから」

などと言い、通りにある『おたふく』という暖簾《のれん》のかかったしる粉屋に千鶴の袖を引っ張るようにして入った。

「おなかって人は、あれから治療院に来ましたか」

亀之助は、小女《こおんな》が注文を聞いて二人の側を離れると、すぐに訊いた。店には二人の他には、奥の方で真っ白い髪の老婆が、小僧と二人でしる粉を食べているだけで、がらんとしていた。

「いいえ」

千鶴は首を横に振った。

「話というのは、おなかさんのこと？」

「そうです。あんまり関わらない方がいいと思いましてね」

「何故かしら……気になっていることがあって、近々臨光寺を訪ねてみようかと思っていたところです」

「だめだめ。実は五郎政が教えてくれた大和屋の隠居ですが、どうやら臭い」

「臭い？」

「あそこは、盗人宿《ぬすっとやど》じゃないかと思っています」

「えっ、ほんとですか」

「今も滝田《たきた》さんにね、ああ、滝田さんていうのは先ほど一緒だった人ですが、話していたところです。なんとなんと、五郎政が尾けたという男は、お尋ね者だったんですよ」

亀之助がそう言うのを待って、猫八が懐《ふところ》からなにやら気ぜわしくつかみ出して千鶴に手渡した。

「……」

紙を開いた千鶴は口走る。

「人相書き？」

「へい。五年前に上方で剃刀《かみそり》の安《やす》と呼ばれていた凶悪な盗賊一味が捕まりましたが、一人だけ逃げた奴がいたんでございやす。その時に回ってきた人相書きがそれでして、名を銀吉《ぎんきち》と言いやす」

猫八は人相書きを顎《あご》で指した。

紙には、眉が薄く、目つきの鋭い男が描かれていた。年の頃は三十半ば、生国不明と但し書きがある。性格は凶暴で、右腕にまむしの彫り物があるとも書いてある。

「奴らは盗みに入った家で、たびたび殺しをやっている。喉元を剃刀でひいたように切って殺す。だから剃刀と呼ばれたんですが、その頭領が安蔵という男だったんです。捕まった者は皆死罪になりましたがね、銀吉はその片割れということです」

「間違いないのですね」

「この目で顔を確かめている。猫八も見ている」

亀之助は自信を持って言った。猫八もきっと見て頷くのである。

「すると、大和屋のご隠居も盗賊ってことかしら」

「おそらくな。私は隠居についてはまだ姿は見ていないが、出入りの魚屋によると、目つきの険しい老人だそうだ」

「……」

「近所で訊いても隠居の昔を知る人はいなかった。なんでも絵や骨董《こっとう》を集めるのが好きで、五郎政が見た猛獣も、どうやら屏風《びょうぶ》に書かれた虎の絵らしいな。これも魚屋が見て知っていた」

「五郎政さんは騙された訳ですね」

なんと五郎政は、絵を見て腰を抜かしてすごすごと帰っていたという事になる。

「へい。皆あの家を覗いた者は腰を抜かすんだそうで……なんて言ったか、清《しん》の国の有名な絵師が書いたものだとか」

「……」

「見張っている間にも目つきのよくない男たちが何人もやってきました。ただの隠居家ではない」

「先生、おなかって人は、その隠居の妾だと聞きましたぜ」

猫八が言った。すると亀之助が話を取って、

「おなかは深川の櫓下《やぐらした》に岸田《きしだ》屋という女郎宿があるそうですが、そこにいたのを妾にしたらしいのです。ところがここひと月、おなかの姿が見えなくなったと、これも魚屋の話ですが……」

「その女が何故寺にいるかという事なんですがね、先生。ひょっとして盗賊の手引きをするために入り込んでいるかもしれねえんですが、町方は寺を調べる訳にはいきませんや。手が出せねえ」

猫八は悔しそうな顔をする。

「ありがとう。そこまで調べていただければ、後は私が当たってみます」

千鶴は言った。まさかとは思うが出来るだけ早く寺を訪ね、率直に訊くしかない。胸にある疑念はますます膨らんでいた。

四

臨光寺の門を入るとすぐに、大木の桜が目に入った。

境内《けいだい》の左右には松の木や紅葉《もみじ》の木が多く、背後には孟宗竹《もうそうちく》が茂り、桜の木は他には見あたらなかった。

花はまだ七分咲きで、古刹《こさつ》の庭がこの桜の木一本で若やぐような、そんな趣《おもむき》を門内にたたえていた。

大きな寺ではないが、石畳の奥には堂々とした法堂《はっとう》が見える。両脇にはいくつかの塔頭《たっちゅう》、そして経堂など、いずれも苔《こけ》むす静寂《しじま》の中に佇《たたず》んでいる。

千鶴はしばらく石畳の上で見渡した。

日々の忙しい暮らしから、ほんのいっときではあるが解放されたような心地になって、今日はじめて春の訪れを確かに見たような気がしたのである。

覚真がたびたび治療院に現れるようになって二年になるが、この寺に入ったのは今日が初めてだった。

――こんなに清廉なお寺に、腹に子を宿したおなかが何故《なにゆえ》に暮らしているのだろうか。

千鶴の頭の中はすぐにそのことで覆われた。

視線を法堂の背後に向ける。

以前に覚真から、庫裏《くり》は法堂の奥にあり、その横に僧堂があると聞いていたからだ。修行僧が暮らしているのは表から見えにくい寺の後方、背後に竹林を見る場所に有るはずだった。

重い気持ちで足を運ぶ。だが歩き出してすぐに、

「これは千鶴先生ではありませんか」

横手から声がかかった。

振り向くと、経本を抱えた覚真が立っていた。

「覚真さん、少しお話があって立ち寄りました」

千鶴は手に往診の時の薬箱を下げている。

亀之助と別れてからすぐにこちらにやって来たのであった。

覚真は神妙な顔をして頷いた。そして、

「こちらへ……」

千鶴の先に立って歩いて行く。

案内してくれたのは、僧堂の玄関脇の一室だった。

遠くの別の部屋から静かに経を読む声が聞こえてきたが、何もないがらんとした部屋に座ってみると、お坊さんの質素な暮らしぶりが伝わって来た。

「話というのは、おなかさんの事でしょうか」

覚真は、千鶴と相対して座ると、そう切り出してきた。

「私の治療院に来たことはご存知だったんですね」

「おなかさんから聞きました。明日にでもお訪ねしようと思っていたところです」

「じゃあ何故うちに来たのか、そのわけもご存知ですね」

「聞きました。しかし千鶴先生が、ここにあのひとがいるのをご存知とは」

「尾けて貰ったのです。子堕ろしは出来ないと断りましたら、死ぬしかないなどと言い出して帰って行ったものですから」

「さようでしたか」

覚真は沈痛な表情で頷いた。

「おなかさんは、阿部川町に住む大和屋というご隠居さんのお妾さんではないのですか。何故ここにいるのです」

覚真の目を窺いながら千鶴は訊いた。まさか覚真の思い人とは思いたくもないが、つい厳しい口調になっていた。

「実は、駆け込み人なのです、おなかさんは……」

口辺に苦い笑みが見えた。

「駆け込み、ですか」

「はい。ひと月前のことでした。小僧さんが門扉を閉めようとしている時に飛び込んできたんです。どうか助けてくれ、命を狙われていると……」

「……」

「血相をかえて、尋常ではありませんでした。そこで住職の栄覚《えいかく》様にも申し上げて、しばらく寺においてて頂くようお願いしたのです」

そしておなかから覚真が事情を聞いて、この先のことを決めろと言われたのだという。

おなかは、自分が女郎だったこと、大和屋の妾だったが、一緒に暮らすのが恐ろしくなって駆け込んで来た、しばらく置いてほしいと頭を床に擦りつけた。

寺の中は治外法権、駆け込んで来た者を保護出来るとはいえ、おなかが女であることや、大和屋の囲い者であることや、その大和屋が得体の知れない男だと聞いては、寺にとっては決して長期間匿《かくま》うことは避けたいのが本音である。

そのうちに寺社奉行にも知れ、いらぬ詮索を受けるかもしれないのだ。

とはいえ、命からがら駆け込んで来た者を追い出すことも、仏に携わるものとしては出来かねる。

しばらく様子をみて落ち着き先を捜そうという事になり、覚真はおなかに、決して勝手に外へ出ないことを約束させた。

ところが、おなかは禁を破って千鶴の治療院に出かけて行ったのだった。

覚真はおなかを問い詰めた。するとおなかは、大和屋の子を宿しているのではと不安なり、千鶴の治療院に出向いたのだと告白したのだった。

「そういうことです。ますますこの寺に置くことが出来なくなりました。ここは男ばかりの住まいです。住持の他には修行僧が十人、皆私より若い僧です。女がひとり寺内にいるというだけでも皆の空気が変わります。困り果てておりまして、それで先生に相談させていただこうかと思っていたところです」

覚真は言った。

「おなかさんはなんと言っているのですか」

「行く当てがない、この寺においてほしいと……しかし、腹に子がいるのならなおさら、どうしたものかと困っています」

じっと千鶴を見返した。

「……」

千鶴は考えていたが、やがて言った。

「なんとか考えてみます。乗りかかった船ですからね。ここ二、三日時間を下さい」

「有り難い。恩に着ます」

覚真は千鶴に手を合わせた。

――おなかの腹の子は、この寺のお坊さんの子ではなかったのだ。

それだけでも千鶴はほっとしていた。

胸をなで下ろしたのは覚真も同じだった。

近頃はおなかを匿ったことで、寺の中が落ち着かない。修行僧とはいえ血気盛んな若い男ばかりである。

おなかは覚真の差配で、昔寺男が住んでいた庫裏の納戸に住まわせてはいるのだが、修行僧たちの中には、こそこそおなかの姿を盗み見するために庫裏に行く者さえ出てきている。

寺にいる修行僧は十人。覚真が一番年上で三十五歳。後は弟弟子ばかりで年齢も若く、覚真一人の手には負えない。

しかしこのまま放っておけば、寺の中で間違いが起こらないとも限らない。

頭を痛めていたところに千鶴が訪ねてきてくれたのだ。

――今からおなかに引導を授けておかなければ……。

千鶴を見送って一刻（二時間）あまり、覚真はおなかが起居する庫裏に向かった。だが僧堂を出た覚真の耳に飛び込んできたのは、

「おい、この寺は女郎宿か！……女犯は大罪、訴えられたくなかったら、おなか

を出せ！」

誰かが騒いでいる声だった。

声は表門の方から聞こえてくる。覚真は表門に走った。

丁度その時、庫裏の井戸端にいたおなかも騒ぎに気づいて覚真の後を追った。

おなかは、門前を見通せる杉の大木の後ろに走り寄ると、そこから顔だけ出して前方の門前を覗き見た。

「銀吉……」

おなかは仰天して息を飲んだ。門前で騒いでいたのは、半年前に大和屋の隠居の手下となった銀吉という男だったからである。

銀吉は大和屋の言いなりで、大和屋が出かける時には、おなかが逃げ出さないように見張っていた男である。

その銀吉の目を盗んでひと月前に逃げてきたのだが、どうやら銀吉はここにいるのを嗅ぎつけたようである。

――見つかれば連れ戻される。

おなかは震え上がった。

そのおなかの視線の先、門前では、

「覚真様！」

男と押し問答をしていた西覚《さいかく》と徳了《とくりょう》が困った顔で、走ってきた覚真を見迎えた。

「この人に、いくら女など寺にはいない、おなかなど知らないと説明しても、聞いてくれないのです」

徳了は覚真に訴えて、ぬめりとした顔の男をちらりと見た。

「誰だね、この人は」

覚真が訊く。

「銀吉という、大和屋の者だと言っています」

西覚が言った。

すると銀吉が、寺の中を舐めるような目で見渡しながら、

「俺はおなかがこの寺に入るのを見てるんだぜ。シラをきっても駄目だ。どうでもおめえたちが知らぬ存ぜぬと言うのなら、この寺を訴えてやる。臨光寺では女を囲っているとな」

銀吉は最後の言葉を大声で言うと、へびのような目で寺内をまた見渡した。

おなかはぎくりとした。銀吉の目が自分をとらえたのではないかと思ったの

だ。

——見つかれば、お寺の皆に迷惑をかける。

おなかは、慌てて大木から離れると庫裏の方に走って行った。

「何かの勘違いだと言っているだろう。ここには女など一人もいない。これ以上難癖をつけるようなら、あんたも只ではすまないよ」

「それがどうだってんだ、やい！」

覚真と銀吉は睨み合った。

寺の僧たちは、誰がおなかを訪ねて来ても、知らぬこととして押し通すと約束をしていたのだ。

だから覚真はじめ修行僧たちは、銀吉の疑心を徹底して跳ね返しているのだが、銀吉は腕をまくり上げて帰ろうともしない。むしろ覚真が加わったことで、多勢に無勢と思ったか、感情はいっそう高ぶったようで激しくなった。

「坊主の癖して嘘ついてもいいのか……ちくしょう、こうなったら、痛い目に遭わせてやる。やい、おめえたちの腕一本足一本へしおるなんざ訳もねえんだ」

指の関節を不気味に鳴らして薄笑いをして見せた。

「覚真様……」

西覚も徳了も震え上がっておろおろしている。

「ここは私がなんとかする。向こうに行っていなさい」

覚真は、二人の若い僧を門の中に押しやると、銀吉と向き合った。

「銀吉さんでしたな。ここはあんたが来る所ではない。それに女人禁制の寺だ。お引き取りを」

言い捨てて覚真は銀吉に背を向けた。覚真の左足が、ほんの少し引きずったように見えた。

「ちょいと待ちな」

それに気づいた銀吉が、背後から呼び止めた。

「おめえ、飛騨《ひだ》黒山村《くろやまむら》の藤次《とうじ》じゃねえのか」

「……」

背中で聞いた覚真の顔が強《こわ》ばった。

しかし覚真は無視して前に進もうとした。だがその時、銀吉が走ってきて覚真の前に回って大手を広げた。

「何をする」

「へっへっ、これは驚いた。どうもどっかで見たことがあるように思っていたのだが、おめえの足の不自由なのを見てわかった。おい、おめえ、まさか俺を忘れた訳じゃあ、あるまいな」

　銀吉はにやにやして、覚真の頭から足下までじろりと見渡した。

「さて、私には覚えはございませんが」

　覚真は、ぬめりとした顔の銀吉をきっと見返した。

「あっしは銀蔵《ぎんぞう》だよ、銀蔵」

「銀蔵……」

　素知らぬ顔の覚真である。

「俺は銀蔵、そしておめえは藤次……」

　銀吉は覚真の顔色を確かめるように注視した。

「……」

「ほらほら、顔色が変わってるぜ」

「知りませんな、私は覚真というもの」

「違うな、人殺しをして村を出て行った藤次だ」

「……」

「その足が証明している。他の者は気づかないだろうが俺にはわかる。あの時痛めた足が治ってねえんだ、そうだろ」

「……」

「怖い顔をしなさんなって、十三年も前のことだ。お互い顔かたちが変わるのも無理はねえが、まさか、あの藤次が坊主になっているとはな」

「違う、人違いだ」

「いや、違わねえ。そうよ、俺も村を追い出された口だからな。おつねって後家がいたろ。あの女、俺を泥棒よばわりしてよ、貯めていた三両を俺が盗んだなどと庄屋に届けやがったんだ。冗談じゃねえや、さんざんこっちは喜ばしてやったというのによ、庄屋がおつねに惚れてたもんだから、俺は他の盗みもやっていたことになって村八分になったんだ。村に帰ればとっつかまって殺されるだけだ。無宿者にされちまったって訳だ」

「……」

「上等じゃねえか、村になんか帰ってやるものかってんで俺は名前を変えて暮らしてきたんだ。つまりおめえと一緒だってことだ。いいかい、おめえがいくら殺しはやってねえと言ってもな、俺はおめえが辰《たつ》の野郎を殺したと思ってるんだぜ」

「知らん、知らん話だ」

「ふっふっ、気持ちはわかるよ。だがな、知らんはずがあるものか。おめえは辰の野郎の女房ほしさに辰を殺しちまったんだ」

「知らん、人違いだ！」

覚真が顔を真っ赤にして振り切って行こうとするが、さらにその前に銀吉は回ってきて大手を広げた。

「おおそれながらと訴えてもいいのかい、藤次。昔のことをさ。そればかりか女を匿っていることだって訴えればどうなるか」

「退きなさい」

覚真は、銀吉の腕を払った。

「野郎！」

銀吉が飛びかかって来た。銀吉は覚真の襟首をつかむと言った。

「いいか、おめえが藤次と知ったからには許しはしねえ。おなかを渡すんだ。それと、おめえの昔の殺し、口止め料十両で手を打つぜ」

銀吉は覚真の顔に唾でもかけるように言い放つと、つかんでいた手を放した。

だが、

「うっ」

今度は逆に、銀吉の腕を覚真がつかんでいた。

「許せん」

覚真は満身の力を込めて銀吉の腕をねじ上げ、押し倒した。だが銀吉も負けてはいない。

もう一方の手で土をつかむと、覚真の顔めがけて投げた。

「あっ」

覚真は目つぶしを受けて膝をついた。

「やってやろうじゃないか」

銀吉が懐から匕首《あいくち》を引き抜いた。目の見えなくなった覚真が、よろよろと立ち上がるのを銀吉は狙ってにやりと笑った。

「覚真さん！」

その時、徳了と西覚が木刀を持って走って来た。

僧二人と銀吉が、殴り、斬りつけられ、しばらく不気味な音を立てて闘っていたが、まもなく銀吉は僧二人の木刀の餌食《えじき》になった。

「ぎゃ」

薄闇の中に銀吉は崩れていった。

徳了が荒い息を吐きながら木刀で銀吉をつっつくが、びくともしない。

西覚がはっとしてしゃがみ、銀吉の胸に耳を当てた。だがすぐに、険しい顔をして首を横に振った。

「死んだのか」

徳了が訊いた。西覚が青い顔で頷く。そして二人は覚真を見た。

覚真がよろよろと近づいて来て二人に言った。

「和尚様には内緒だ。これは、三人だけの秘密だ」

五

おなかはその頃、千鶴の治療院に向かって走っていた。自分のためにこれ以上寺に迷惑はかけられない。

大和屋の隠居から逃げるために、時々托鉢にやって来ていた覚真を頼って臨光寺に駆け込んだことを悔いていた。

――覚真さんに会わなかったら、大和屋の隠居から逃げようなんて考えは浮かばなかったかもしれない。

逞《たくま》しく男らしい体からは考えられないような優しい覚真の瞳に、おなかは見かけるたびに惹《ひ》かれていったのである。

覚真への思いが募れば募るほど、大和屋の隠居と一緒にいることの不幸を感じずにはいられなかった。

しかも常に恐怖と隣り合わせでいるような暮らしである。

おなかは生まれて初めて、自分の置かれている立場を、真剣に考えたのだった。

しかしその結果が、あの覚真を悩ませていると思えば、もはや自分が寺にいてはいけないのだ。

おなかは自分が追われていることよりも、覚真に迷惑をかけることになったことへの後悔で頭がいっぱいだったのだ。

裾を絡《から》げて走り、途中で下駄の鼻緒《はなお》が切れたが、二布《ふたの》の端を引き裂いて鼻緒を直し、藍染橋袂《たもと》に立ったのは、町が闇にすっかり覆われた頃だった。

桂治療院の門をくぐり、玄関先にたどりつくと、

「ごめんください」

声をかけた。

しばらくすると、お竹が前垂れで手を拭きながら出てきた。

ぷうんと香ばしい醤油の香りが家の中に漂っている。何かを炊《た》いているらしく、出てきたお竹は、右手に長箸を持っていた。

「もう診察は終わっておりますが、どなた様ですか」

お竹は、おなかが背負ってきた夜の闇をおなかの肩越しに見遣ってから訊いた。

おなかの髪は乱れ着物は着崩れている。しかも足下をみれば、鼻緒にかけた指の間から血が滲《にじ》んでいるではないか。どうみたってただの患者でないことはお竹にもわかる。

お竹にしてみれば、これから千鶴に夜食を摂ってもらおうと支度をしている最中であった。急な患者がやってくれば食事はしばらくお預けになる。

「あの、私はおなかと言いますが、千鶴先生にお願いがあります」

おなかは深く頭を下げた。

「おなかさん……」

お竹は、驚いた顔で見返した。おなかの名は千鶴から聞いていたのだ。お竹は急いで診療室に走った。

おなかはすぐに診療室に通された。

「夜分に申しわけありません」

神妙な顔で手をついて顔を上げると、千鶴の側には武士がいた。

「こちらは求馬様とおっしゃいます。今あなたのことをお話していたところでした。明日にでも求馬様にお寺に行っていただいて、あなたをここに連れてきていただこうかと思っていたのです」

千鶴は、ちらと求馬の顔を見て言った。

「一人で来たのか」

求馬が訊いた。

「はい、私がいるばっかりに覚真さんたちが脅されて」

「誰に脅されたのです……いつのことです？」

千鶴が聞き返すと、おなかは、一刻ほどまえに臨光寺の門前にやって来た銀吉の話をし、見つかっては覚真や寺に迷惑がかかると思い、裏門から走り出てここに来たのだと告げた。

「銀吉といえば、大和屋にいる男だな」

求馬が訊いた。

「はい。でも、どうして銀吉のことを……」

知っているのかと怪訝な顔をすると、

「少し調べさせていただきました」

千鶴は頷いてみせ、

「おなかさん、あなた、銀吉さんがどんな過去を持った人なのか知っていますか」

「よくは知りませんが、上方から追われてきた者だと……大和屋の旦那と話しているのを盗み聞きして」

恐る恐る言う。

「すると、大和屋は何者だ」

求馬が訊いた。

「大和屋の旦那は……」

おなかは俯《うつむ》いて逡巡《しゅんじゅん》している様子だったが、やがてきっと顔を上げると、

「鎌風《かまかぜ》の仁兵衛《にへえ》親分とか……」

「鎌風の仁兵衛だと？」

求馬は驚いた。

「求馬様、ご存知ですか」

千鶴が訊く。

「うむ。鎌風とは、俄《にわか》に起こる暴風のことだが、つい数年前まで荒稼ぎをやっていた盗賊の名だ」

「まあ」

「仁兵衛というのはその頭目で、町に暴れ風が舞うと、顔にひょっとこの面をつけた盗賊が現れて、狙うのは武家屋敷。金ばかりか骨董書画、上様からの拝領品まで狙う奴らだ。相当数の武家屋敷がやられている」

「私は初めて聞きましたが」

「武家は盗賊に入られたなどと届けることはないからな。おめおめと屋敷に入られて盗みをされたなどと届ければ、責めは我が身にふりかかってくる。世間に知れれば武家としての面子《メンツ》を失うばかりかお家断絶にもなりかねない。だから誰も口を閉じて言わないが、武家同士では周知のことだ。火付盗賊改方《ひつけとうぞくあらためがた》が内々に探索しはじめて、頭目は仁兵衛という男だとわかったが、鎌風の名はぷっつりと聞かなくなっていたのだ」

「そういうことならなおさら、おなかさんがいなくなって必死で捜しているんでしょうね」

おなかは小さく頷くと首を垂れた。

「ここにおなかがいると知れれば大和屋の隠居も黙ってはいまい。寺に逃げ込まれては手も出せぬが、ここならどんな手も打てる」

「ええ」

千鶴は緊張した顔で頷いた。

「申しわけありません。私のことで皆さんにご迷惑をおかけして、でも、でも私、あの家にいるのは嫌なんです」

「おなかさん、ただね、ここにおいてあげられるのは赤ちゃんが生まれるまでのこと」

千鶴はそのあとの言葉を噤《つぐ》んだ。子が腹にいる間は、母体のために預かったという理由は通るが、なにしろおなかは大和屋の妾である。その後はどうしたものかと思案の中だ。

無事出産したとしても、その先は多難が待ち受けているのである。

「私は帰りません」

ふいに、おなかは言った。小さな声だが、決意した声だった。

「おなかさん……」

「それにお腹の子は産みません。この子は堕ろします。あんな男の子を産むのは死んでも嫌です」

おなかはきっと千鶴の顔を見た。

千鶴は、おなかの眼の奥に燃えるものを見た。その火が男を慕う恋の火であることは、千鶴にもわかる。そして、その男というのは、大和屋でないことは確かだ。

女は、好きな人の子であれば、不義をして出来た子でも産みたい。逆に、好きでもない夫の、冷えた夫婦関係の中で出来た子は、産みたくないと考える。

――するといったい、おなかが慕う男とはいったい誰か……。

おなかの目をじっと見詰めた千鶴に、おなかは言った。

「私、この腹の子を堕ろして一人になったら、どうでも大和屋と別れ、あの臨光寺の近くで、せんたく女でもなんでもして、覚真さんたちが托鉢をなさる姿を見て暮らしたいのです。私も仏様に手を合わせて暮らせれば幸せだと……」

「……」

千鶴は驚いていた。おなかは、あの覚真に心を奪われているのだ。

「思い通りにはいかぬかも知れぬぞ。駆け込み寺にでも駆け込まねば、大和屋はお前を手放すまい。お前が大和屋の正体を知っていればなおさらだ」

求馬が言うと、

「私、おっかさんに疎《うと》んじられて育ちました。女郎になって、妾になって、ずっと私は、自分の気持ちを通したことはありません。ずっと人の言いなりでした。でも今度は、あたしの気持ちです」

「いずれにしても」

千鶴が厳しい顔をおなかに向けた。

「お腹の子を堕ろすのは反対です。産めばわが子、可愛いんです。それが母親なんです。父親のわからない子を産んで育てている人だっているんです。自分のお腹の子であれ、命をとるなんてことは、私は医者として許せません。あなたが密かに慕っている人も、きっと私と同じことを言うと思いますよ」

「おや、旦那、どうしたんですかね」

猫八は、抹香橋《まっこうばし》の上から前方の河岸に集まっている者たちを差した。町人数人が何かを取り囲んでいる。

抹香橋は新堀川に架かる橋で、川の西側には武家屋敷が続き、東側には寺院が並ぶ。

この寺院の前には門前町が軒を連ねていて、昨夜遅く、門前町の山城屋《やましろや》から火が出て、たいへんな騒ぎだったのである。

山城屋は、蠟燭線香《ろうそくせんこう》などを扱う店だが、火は山城屋の家屋半分ほど焼いただけで事なきを得た。

とはいえ、火がおさまる深夜まで、辺りの者たちは火除《ひよ》け地に走ったり、家財を荷車に積んで右往左往して、騒ぎがおさまったのは今朝の日の出前と聞いている。

怪我人死人はなかったか、被害を受けた者はいなかったか、亀之助と猫八はそれを調べにやって来たのだが、前方に集まっている人のざわめきにはただならぬものが見受けられた。

「行ってみよう」

亀之助は猫八と向かった。

果たして、

「やや、これは」

草むらの中にもっこが置いてあり、そのもっこの中に、男がぐったりとして膝を抱えるようにして座っている。

「こりゃあ死んでますぜ」

猫八は十手で、うな垂れている男の顔を上げ、

「だ、旦那、こいつは、あの大和屋の銀吉じゃありやせんか」

仰天して亀之助を見た。

「何、銀吉だと……」

亀之助もその顔を確かめると、

「何故だ。猫八、なぜ銀吉がこんな姿でここで死んでいる」

首をひねった。

火事騒動で運び出された病人や怪我人とは様子が違う。ここに捨て置かれた、そんな感じだった。

「旦那、これ見て下さい」

猫八は、銀吉の頭を指した。血が頭の髪にこびりついている。

「殺しだな……殺して、どさくさに紛れてここに捨てたのだ」

「へい。とすると、殺《や》ったのは」

「猫八、手間が省けたというもんじゃないか。いずれたどる道だったんだ。仲間割れでもしたのだろう」

さして考えもなく口走ったその時、

「どうしました……浦島様」

千鶴の声がした。

振り向くと、千鶴が薬種問屋近江屋《おうみや》の手代幸吉《こうきち》と近づいて来た。

幸吉は千鶴の父桂東湖《かつらとうこ》の時代から治療院に出入りしている手代で、治療院にある薬園の世話も手伝ってくれるし、今日のようにお道がいない時や忙しい時には、千鶴に従って往診のお供もしてくれるのである。

「これは先生、殺しです。銀吉が殺されました」

亀之助は立ち上がって千鶴を見迎えると、もっこの中の男を顎で指した。

千鶴はすぐに銀吉の側に走り寄って、頭の傷を見て、それから背中や胸を確かめてから亀之助に言った。

「殴打されて死んだようですね」

「先生、この川沿いを北に行きますと、大和屋の隠居が住む家があります。銀吉は仲間うちの喧嘩で殺られたんじゃないかと思っているんですが」

「旦那、しかし妙ですぜ。この川沿いに隠居の家があるのにですよ、なぜ銀吉がこんなところに捨てられてんですかね」

「それはだな、この川に捨てようとしてここまで運んで来たんじゃないか」

「いや、川に捨てるのなら、家の近くに捨てればいい。何もここまで運んでこなくてもすむ話だ」

「馬鹿だなあ、それじゃあ自分たちが殺ったってバレバレだ」

と亀之助は言ってみたが、

「しかしここに捨てたってバレる話だ。どうしてわざわざここまで運んできたんですかね、しかも川に捨てずに放置していくとは……」

考え込んでしまった。

千鶴は辺りを見渡した。火事騒ぎはおさまったとはいえ、焼け残った家屋が燻《くすぶ》っている臭いがまだ漂っている。近隣の人々は疲れた表情で運び出した荷物や散らばった物を片づけていた。

「浦島様、夕べこの辺りは火事騒ぎで大変だったんでしょ」

千鶴が言った。

「ええ、そりゃあもう。奉行所からも手伝いに出た者もおります。定中役の、私の昔の仲間も出たはずです」

今は自分はそんな閑職にはいないということを言いたかったようだが、

「先生、それが何か……」

怪訝な顔をした。

「人々は右往左往している。お役人は出ているで、本当はどこか別のところに運ぼうと思っていたのに、人の目が気になってここに置き去りにしたんじゃないかしら」

「そうだ、そうにちげえねえ。さすがは先生だ」

猫八は手を打って、

「そういうことなら、先生。こいつを殺してここに捨てていった奴らは、いつ自分のところに手が回ってくるかと、びくびくしているってことですか」

「浦島様、猫八さん、大和屋に探りを入れるいい口実が出来たんじゃありませんか」

「大和屋に探りをですか……」

「求馬様がおっしゃっておりましたよ。大和屋は鎌風の仁兵衛かもしれないって」

「まことですか」

亀之助の目が光った。

「はい」

千鶴が昨夜求馬から聞いた話をしてやると、

「ようし、猫八、番屋に行って小者を連れてこい。この男を戸板に乗せて大和屋に行くぞ。いや、待てよ、滝田さんにも相談して、うん、そのほうが安全だな」

亀之助は興奮して口走る。

猫八が番屋に走って行き、亀之助が集まっていた野次馬に近づいて、なにやら聞き取りを始めたのを尻目に、千鶴はもっこに通している青い孟宗竹をじっと見ていた。

竹は千鶴の両手の指を丸くして合わせたほどの太さであった。

まだ切ってまもないもので、もっこを担ぐために急遽《きゅうきょ》切り倒して作ったようで、両端の切り口も、枝を落としたと思われる節の枝の跡にも、まだ瑞々《みずみず》しい樹液が滲《にじ》み出ているように見えた。

――銀吉が殺されたのは……この様子だと半日以上は経っている。

視線を再び銀吉に向けた時、千鶴ははっとした。

――まさか……。

千鶴は、顔から血の気がひいていくのがわかった。

「先生、どうかしましたか」

幸吉が心配そうに顔を覗く。幸吉は昨夜の話は知らない。

「幸吉さん、この近くのおうちから、鍋の底についた墨をもらって来てくれませんか」

「鍋の底の墨ですね」

「ほんの少し、掌に載るくらいでいいのです」

わかりましたと幸吉はすぐに近くの民家に走り、鍋の底の墨を落として貰って来た。

千鶴は懐から懐紙を出すと、竹の切り口に蓋《ふた》をするように懐紙を当てた。あまった部分はぎゅっと竹を包むように折り込んで竹の大きさを取った。

さらに幸吉が貰って来た鍋の墨を、携帯の紅刷毛《べにばけ》を使い、竹の身の輪郭や厚さをとった。つまり拓本《たくほん》をとるようにして、青竹の切り口の型を取ったのである。

そうしておいてから亀之助に言った。

「浦島様、この青竹は捨てないで下さいね」

六

千鶴が求馬と一緒に臨光寺に向かったのは、その日の七ッ（午後四時）過ぎだった。

境内にある一本の桜の花は、寂々《じやくじやく》とした寺内にひとときの賑わいを見せているように見えた。だが千鶴の目には、桜の花の華やかさが、却って心空しいように感じられた。

人の気配はなく、千鶴は桜の木の下から、本堂の裏に靡《なび》く竹藪《たけやぶ》を求馬に示し、二人はまっすぐその場所に向かった。

「お待ち下さいませ、どちらに……」

僧堂の側を横切った時、二人は声をかけられた。

僧は徳了だった。

「裏の竹藪を見たくて参りました」

千鶴が、竹藪をちらと見て言った。

「竹藪を?」

徳了の顔色が固くなった。

「私は桂千鶴といいます。覚真さんとは見知った仲です。この間こちらに参りました時に、みごとな竹が目に止まっておりましたので、少し見せていただこうかと思い立ちまして」

「お待ち下さい。それなら覚真さんがお帰りになるので、あちらでお待ち下さい」

徳了は僧堂を指す。

「いえ、お構いなく。勝手に見せていただいて帰りますから」

「……」

二の句の継げぬ徳了を置いて、千鶴は求馬と竹藪に入った。

徳了が慌てて引き返して行くのを背中で知ったが、千鶴は構わずどんどん竹藪の中に入った。

思っていたより竹藪は広かった。

「千鶴殿、俺はこっちの方に行ってみる。千鶴殿はそっちをな」

求馬は左手の方に向かった。千鶴は右手の方に向かった。

幾年もに渡って散り敷いた竹の葉が柔らかい土壌を作り上げていて、踏み込むと足をとられそうになる。

足をとられないように林立する竹に手をかけ手をかけ辺りを見渡しながら入って行くと、奥に切り倒された竹の残骸が見えてきた。

「求馬様！」

千鶴は思わず声を発した。

「見つかったか」

求馬が足をとられながら急いで近づいて来た。

二人の面前に一本の孟宗竹が切り口を見せていて、側に落とした枝や竹の梢《こずえ》が散らばっていた。

千鶴は懐から一枚の懐紙を取り出した。

鍋の墨でとったあの竹の切り口の型である。

その型を千鶴は残骸の切り口に当ててみた。

ぴったりと合った。

「……」

予測していたとはいえ、衝撃が胸を走る。

「やはり、ここで切った竹だったのだな」

「ええ……」

呆然と竹の残骸を見詰めている千鶴の後ろに、静かに近づいて来る者がいた。覚真だった。覚真は右目を古い布で巻いている。

「覚真さん、その目はどうされたのです」

千鶴は、覚真に言った。

「千鶴先生こそ、こんなところで何をなさっているのですか」

険しい表情で覚真が尋ねてきた。手には数珠《じゅず》を握りしめている。その手に力が籠っているのを求馬は見ている。

「銀吉という者が殺されました。もっこで運んで何処かに捨てるつもりだったようですが、どうやら火事騒ぎに遭い、抹香橋の下に置き去りにしたようです。丁度通りかかってわたくしが検視を致しました」

「……」

「御奉行所は、最初は大和屋というご隠居を取り巻く人たちが殺ったのかと考えていたのですが、どうやらそうではなかったとわかりまして……」

じっと覚真の表情を窺い見る。

亀之助たち奉行所は、銀吉の死をきっかけに大和屋の正体を見定めようとしたのだが、銀吉の遺体を大和屋に引き取るように告げに行った時には、もう誰も仕舞屋にはいなかったのだ。

仕舞屋にいたのは、隠居たちの逃亡を知らずにやって来た、通いの飯炊き婆さん一人だった。

ただ、大和屋たちは慌てて引き払ったために、壺や皿などの骨董品を残していた。

奉行所では今それを調べていて、大和屋の正体を確かめているところである。

銀吉については、途方にくれて台所に座り込んでいた婆さんから、昨日出て行ったきり帰って来ていないのだと証言を貰った。

つまり大和屋が身を隠したのは、銀吉が奉行所に捕まり、自身の悪行に探索が及ぶのではないかと危惧《きぐ》したためであることは間違いなかった。

そうなると銀吉殺害の疑いは、覚真たちにかかるというものだ。

黙って答えない覚真に、千鶴はこれまで見てきた覚真とは違う覚真を見ているような心地がしている。

千鶴は風に靡く竹の葉音を聞きながら、そのさらさらとした乾いた音が、覚真との距離の隔たりを教えてくれているように思えて哀しかった。

千鶴は、覚真の目を見詰めながら話を続けた。

「そこで私は、銀吉殺しの犯人は、もっこに通していた孟宗竹と関係があると考えまして……そしたらふっとここが浮かんだのです」

「竹藪があるのはここだけではございません。第一銀吉などという者はこの寺には無縁の者」

覚真は千鶴の視線を跳ね返すように言った。

「哀しい言葉をお聞きしました。覚真さんが嘘をつくなんて、なんてことでしょう」

「……」

覚真の顔が強ばった。

「そこの竹の切り口ですが、もっこに通してあった竹の切り口と一致しましたよ」

千鶴は、懐紙に取っていた切り口の型をつき出して見せた。

「千鶴先生」

覚真は絶句した。

「おなかさんから聞きました。銀吉が昨日夕刻お寺に行ったんですってね。おなかさんは自分のことでこれ以上迷惑はかけられないとわたくしの所に参りました。おなかさんは覚真さんが銀吉の声に驚いて表門に走って行った直後に寺を出ています。そのあと何があったんでしょうか。覚真さん、正直におっしゃって下さい」

千鶴は厳しく言った。

覚真は、がくりとそこに両膝を着いた。数珠を握った手の上に涙が落ちる。

「私が……殺しました」

震える声で言った。

「そなた一人ではあるまい。もっこは一人では担げぬぞ」

求馬が近づいて来て膝を落とし、覚真の顔を窺うが、

「私ひとりです。もっこは、ゆきずりの男に金をやって運ばせたものです」

俯いたまま答えたが、

「覚真さま！」

「お待ち下さいませ！」

先ほど声をかけてきた僧、徳了ともう一人の僧が走って来た。

もう一人の僧は西覚だった。

二人は競い合うように走って来て、

「銀吉を殺したのは私たち二人です」

「黙って見ていては覚真さんが殺される、そう思ったのです。銀吉は匕首を持っていました。それに対抗するために木刀で応戦したのです」

「もっこを担いだのは私たち二人、大川に流しに行くつもりでしたが、火事騒ぎにあって銀吉を捨てて帰ってきました」

二人は代わる代わる訴えた。

「馬鹿なことをしたものだ。女ひとり救うためとはいえ、人を殺すとはな」

求馬が険しい顔で呟いた。すると、覚真は顔を上げて、

「おなかのことだけではありません。私の過去の話を持ち出されて、それで私も自分を失ってしまいまして相手を激昂させてしまいました」

「過去の話……するとそなたは、過去に銀吉に脅されるような何かをしていたのか」

「いえ……」

覚真は大きく息をつくと、観念したようにその話を語った。

それは今から十三年も前の話である。

覚真は飛驒黒山村で暮らしていた。名は藤次といい、畑仕事の合間に山から木を切り出す仕事に就いていた。

小百姓と呼ばれる貧しい農家の次男坊で、庄屋のところで田畑の仕事が貰えない時には、山の木の切り出しをしていた頭領の長兵衛《ちょうべえ》という男に雇われて、切り出した木を麓《ふもと》に搬送していたのである。

飛驒の木材は有名で、山は材質の良い木が茂り、重労働を嫌がらなければ、木材切りの仕事はいくらでもあった。

日当も良かった。だから小百姓でなくとも若者は、金を稼ぎたい時には山林伐採の仕事に就いた。

この辺りの若者は、紋付きの羽織袴一式を揃えることが夢だったのだ。

紋付きの羽織袴一式を持っていれば、一生恥ずかしい思いをしなくて済む、一人前の男として見てもらうことが出来たのだ。

それに、まとまった金を握って町に下り、女を抱くことも男の夢だった。

体軀のいい若い者は、稼いだ金で家を建て、嫁を貰ったりも出来る。山村とはいえ働き次第で、結構な金が入る道が木材の伐採運搬の仕事だったのである。

ある日のことだ。雨上がりだった。

藤次は、幼馴染《おさななじ》みの辰吉《たつきち》と切り出しの仕事に出ていた。

辰吉はおふさという嫁を貰ってまだ一年あまり、黒繻子《くろじゅす》の帯をおふさに買ってやりたくて長兵衛に頼み込んで雇ってもらったのだった。

おふさは、村の女たちの中では美人だった。藤次もいっときおふさに恋をしていた一人だったが、もたもたしている間に辰吉にかっさらわれてしまったのだ。

女房にしたとはいえ、辰吉が一生懸命に尽くそうとするのも無理はなかった。

長兵衛はその日、藤次と辰吉に切り出した材木の運搬を言いつけた。二人でひと組になって材木を麓まで引っ張り下ろすのである。

両端をそれぞれ綱で結び、結んだ綱を伸ばしてそれぞれが持つ。麓までは坂ばかりだから、一人が材木の前を結んだ縄ひっぱって、ひっぱり下ろす方向を導けば、もう一人は、材木の後ろを結んだ綱を引くことで、材木の滑り落ちる速度を調整して、前を引っ張る相棒に怪我のないように気を配るのである。

つまり、前の綱を持つ者は進行方向に向けて引っ張るが、後ろの綱を引く者は、それとは逆の方向に力を入れることになる。

二人の息がぴったり合ってこそ、材木は狭い山道を適度な速さで滑り下りながら運ばれて行くのである。

長兵衛は、だからこそ幼馴染みの二人を組ましたのである。

ところが、この日は雨が降った翌日で、山道の草は濡れているところがあって、その上を材木が滑り降りる時には急に速度が速くなることがあり、後ろ綱を任されていた藤次は、前綱を取る辰吉に怪我がないように苦労をした。

お互いに声を掛け合いながら山麓まであと半分というところ、山道の片側が崖になっている危険な場所で、辰吉が足を滑らせて崖の下に落ちそうになった。

「辰、綱を放すんじゃねえぞ！」

大声を出すものの、藤次の腕には、辰吉の体重と材木の重量全てがかかり、ついに材木もろともに辰吉も藤次も崖を滑り落ちてしまったのだ。

「わーっ！」

耳を覆いたくなるような声を聞いたのが最後、藤次は気を失ってしまったのだ。

気がつくと、山小屋で藤次は寝かされていた。起きようとしても足に痛みが走って動けない。

そこへ頭領の長兵衛が入って来て、藤次は木の枝にひっかかって助かったが、辰吉は落下した上に材木が落ちてきて命を落としたのだと教えてくれた。

藤次は声を上げて泣いた。

自分がもう少し気をつけていればこんなことにはならなかったのにと泣いた。

だが長兵衛も仲間も、藤次のせいではない。前にもあの場所で命を落とした者はいる。辰吉の草鞋《わらじ》の鼻緒が切れたのが足をとられた原因だろうと慰めてくれた。

だが藤次は自分が許せなかった。

足の傷が癒えて村に戻るとすぐに、藤次は未亡人となったおふさを訪ねた。

おふさはその時、薄物の着物一枚で辰吉の位牌《いはい》を胸に抱いて泣いていた。

藤次の姿に驚いて身なりを整えたが、その時のおふさの縋《すが》るような目は、藤次の心をかき乱した。

「おふささんすまねえ、俺が悪かった。俺が殺したようなものだ」

藤次は泣きながら詫びた。

おふさは弱々しく首を横に振って言った。

「あんたのせいじゃない。長兵衛さんからも村の仲間からも聞いてます。藤次さん、これからなにかと相談に乗って下さいね」

おふさはにじり寄った。

藤次は慌てて後ろに下がると、懐から有り金全部を出しておふさの膝前に置いた。

おふさの膝元は乱れていて、青白い膝がちらりと見えてぎょっとしたが、藤次は目を瞑《つぶ》って頭を下げた。

金はそれまで数年かけて貯めた全財産で十両近くあった。おふさと所帯が持てれば、小さな家の一軒も建てたいと思って貯めていた金だ。

「これで罪がなくなるというものじゃねえことはわかっているが、すまねえ」

藤次はおふさの顔も見ないで辰吉の家を出た。

「おい、藤次」

出たところで銀蔵に会った。

銀蔵はどうやら、二人の話を盗み聞きしていたらしい。

「聞いたぜ。おめえ、やっぱり辰吉を殺したんだ。おふさを寝取ろうって魂胆《こんたん》だろう」

にやにやして近づいて来た。

「違う！」

藤次は睨み返すと走って辰吉の家から離れた。

そのまま村の寺の中に走り、僧になりたい、この村から離れたいと和尚《おしょう》に縋りついたのだった。

「そういうことです。それで臨光寺で暮らすようになったのです」

話し終えた覚真は、静かに息を吐くと千鶴を、そして求馬を見た。

「すると、銀蔵は銀吉と名を変えていたというのだな」

求馬が訊いた。覚真は頷いて、

「銀蔵は村八分になって昔の名前は使いたくなかったんでしょう。しかし、この江戸に暮らしていたとは知りませんでした。どこかで見たような気も最初はしたんですが、ずいぶんと顔の相が変わっておりましたので思い出せませんでした……」

「覚真さんは悪くありません。悪いのは銀吉です。その銀吉を打ったのは私たち二人です」

二人の弟僧は訴えるが、

「いいえ、この二人に罪はありません」

覚真は立ち上がり、

「私一人が自訴します」

覚真は言った。

七

「ただいま。先生、ただいま戻りました。勝手を致しました」

明るい顔をしてお道が治療院に戻ったのは、千鶴とお竹が庭のあちらこちらに柔らかい芽を出しているヨモギの葉を、手籠《てかご》一杯に摘んだ頃だった。

朝の診療は終え昼食も終えたひとときだった。

お道はにこにこして、二人の側に走って来た。

「その顔ではご家族といいお話が出来たようね」

千鶴は立ち上がって手の埃《ほこり》を払いながらお道を迎えた。

「はい、お邪魔でしょうが、先生、これからもよろしくお願いいたします」

「良かったわね、許しを頂いたのね」

お竹も、ほっとした顔で言う。

「父様のことは先生に診て頂いて少しほっとしているのですが、姉様がどうしてもお店を継ぐのが嫌だということなら私も自分のことばかり考えてる訳にはいかなかったのですが、どうやら今回は姉様の気持ちもおさまったようですので」

「なんのこと、お姉さんの気持ちって」

お竹が怪訝な顔で訊く。

「それが、心に秘めた人が出来て、それでお店のことなんて考えるのは嫌になったっていうことらしいのです」

「まあ」

千鶴は微笑《ほほえ》んでお竹と見合った。

「でももう諦めたようですから」

「それはお気の毒に、大店のお嬢様はたいへんんだ」

お竹は言い、腰を伸ばしてとんとんと叩く。

「それが先生、姉様が想ってた人、誰だかわかります？」

お道は苦笑する。

「いいえ、私にわかるわけありません」

「覚真さんだったんですよ」

お道はあきれ顔で言った。

「えっ、覚真さん……」

これには千鶴もお竹も驚いた。二人はお道の顔を見た。

お道の話によれば、時折托鉢に店の前に立つ覚真に、お花は一目惚れしていたようなのだ。

両親は知らない話でお花から聞いたのはお道だけなのだが、しかし昨日になって覚真のことはもうふっきれたなどと言い出したのだという。

どうやらお花は、一昨日臨光寺に一人で出かけて行ったようだ。

そして托鉢から帰ってきた僧に、覚真は東北に修行の旅に出ていつ戻るかわからないと言われたらしい。

もともとが淡い恋心だったのだ。二度と会えないかもしれないと考えたお花は、自分とは住む世界が違う人なのだと自身を納得させたらしかった。

「そう。実はね、お道っちゃん」

千鶴はお道のいない間に起こった銀吉殺しの事件を話してやった。

「じゃあ覚真さんは……」

「ええ、今小伝馬町の揚り屋に入っています。徳了さん、西覚さんと一緒にね。

おそらく評定所《ひょうじょうしょ》で詮議《せんぎ》されるのだと思いますが、どうなることかと案じていま
す」

　お竹が続けて言った。

「覚真さんはよもぎの餅が大好きだったでしょ。それで、千鶴先生が差し入れす
るのだとおっしゃって」

　よもぎの入った籠をお道に見せる。

「お気の毒な覚真さん」

　お道も衝撃を受けたのだ。

「やあやあ、三人お揃いで」

　胸を張って入って来たのは、亀之助と猫八だった。二人の顔は昂揚している。

「何かいいことがあったんですね」

　お竹が聞くと、

「よくぞ聞いてくれました。うおっほん」

　軽く咳をする。

「旦那、やりすぎですって」

　横から猫八が亀之助の袖をつつく。

「そうか、そうだな。新鋭なる町廻りの浦島は、昨夜遅く品川の旅籠《はたご》に隠れていた大和屋の隠居を捕まえまして」

「ほんとですか」

お道が目を丸くする。

「ほんとは滝田の旦那です。うちの旦那は旅籠の裏手を見張っておりやして、しかしそれでも手柄は手柄」

主の言葉をちゃかしながらも猫八も嬉しそうである。

鎌風一味は、求馬の知り合いの旗本の屋敷にも入っていた。

求馬はその旗本から盗まれた品々を聞き出して亀之助に知らせてやったのだ。もしも盗まれた品が隠居の家から出てきたなら、隠居や出入りの男たちを鎌風の一味と断じることが出来る。求馬はそう思ったのだ。

果たして、知り合いの旗本が水戸《みと》家から譲って貰ったという高麗《こうらい》の抹茶碗《まつちゃわん》が隠居の家から出てきたのである。

「なにしろ隠居家には他にも盗品と思われる品がごろごろしていたんですから、五郎政が腰を抜かしたあの画も盗品でした。しかしこれで奴らはもう助からねえ、一巻の終わりです。求馬の旦那がお帰りになったら礼を言わなくちゃと思っているんですが」

猫八は言った。

求馬は飛騨の黒山村に出かけていた。覚真の過去の話を確かめに行ったのだ。

二人は手柄話を一通り終えると、

「じゃあ、猫八、旦那もまだのようだし、出直して来るか」

玄関に向かって行った。後ろ姿も久しぶりの手柄のせいかいばっているように見える。

だがその二人が突き飛ばされた。

町人の男が走って入って来たのであった。

「先生、先生、たいへんです。ここにいた、あの、なんて言ったか、そうだ、おなかさんだ。おなかさんが、神田川に身投げしたらしいですぜ」

息を弾ませて報告する。

「まさか……」

お竹は家の中に走り込んだ。だがすぐに戻って来て、

「部屋にはおりません」

その言葉を聞いた千鶴は、治療院を飛び出した。

桂治療院にはこの数日、沈鬱《ちんうつ》な空気が流れていた。

玄関横の小部屋に入水《じゅすい》したおなかが生死の境を彷徨《さまよ》っていたからである。

おなかは、千鶴が神田川に駆けつけた時には、通りかかった猪牙舟《ちょきぶね》の船頭に引き上げられて草むらに寝かされたところだった。

春になったとはいえ、まだ水は冷たい。

おなかはそれを承知で川の浅瀬に入り、初めは腰から下を水の中に入れて立っていたようだが、足を滑らせたのか川の中央に全身引きずり込まれて流されはじめたということだった。

場所は新し橋の近くで、数人の通りすがりの者が、おなかが水の中に立っているのを見て、大声で上がるように呼びかけていたらしい。

だがおなかは、聞こえていたのかいなかったのか、川の中から動こうとはしなかった。

まもなく、知らせを聞いて走って来た番屋の者が土手を下り始めた時、おなかは流れに呑み込まれていったのだった。

猪牙舟に助けられたのは運がよかったというべきだろう。

だが、草むらに寝かした時にはすでに気を失っていた。脈はまだ弱く打ってはいたが、顔は真っ青で、治療院に急いで運んで来たものの、命を助けるのは至難のように思われた。

三日三晩、女三人が代わる代わる看病につき、ようやく命をとりとめたのである。

そしてお腹の子は、流れるかと思っていたら、どうやら母の子宮にしがみついて頑張り、流産は免れたようだった。

母胎の衰弱を考えれば奇跡だった。

おなかはまだその事を知らなかった。

「先生、目をさましましたよ」

患者の薬を調合していた千鶴に知らせに来たのはお竹だった。

俯せになり腰に湿布を当ててもらっていた産婆のおとみが、むくりと顔を上げた。

千鶴もお道も小部屋に走った。おとみがそっとそのあとを追う。

「おなかさん、良かったですね」

静かに部屋に入った千鶴は、おなかの側に座って言った。お道も座った。

「先生」

おなかは、ぼんやりとした目を向ける。頬にはわずかだが朱の色が差している。

「話はあと、今は体の回復が第一ですよ」

千鶴は、おなかの手を取った。

「先生、お腹の子は……お腹の子は」

どうしたのかと、おなかの目が尋ねている。

「大丈夫、まだあなたのお腹の中ですよ」

千鶴が答えると、おなかは小さく頷いて、

「悪いことしちゃった、あたし……一緒に死ぬつもりだったけど、やっぱりそれだって子殺しだもの」

「そうですよ、死を選ぶなんて罪です」

「だって私、私のために覚真さんたちが……覚真さんに申し訳ない。死んでお詫びするしかないって」

「馬鹿なこと言って、覚真さんの言葉を忘れたんですか。あなたの事でひと一人死なせてしまって、覚真さんは自訴しました。その覚真さんがお寺を出て行く時に、あなたに伝えて欲しいと私に伝言した言葉を伝えましたね。忘れたんですか」

「いいえ、覚えています。お腹の子の命を奪っては駄目だと……お腹の子に、命をとられるような、どんな罪があるのだと……」

「そうです。おなかさんや、お腹の子が命を落としては、ひと一人殺してしまった覚真さんたちの立つ瀬がないではありませんか」

「先生……」

「なぜそこまで覚真さんが、お腹の子のことに一生懸命になったと思いますか」

「……」

おなかは小首を傾げていたが、

「仏に仕えるお坊さんだから」

「覚真さんも望まれて生まれた子どもではなかったそうです」

千鶴は、じっと見るおなかの目をとらえて見詰める。

「覚真さんの父親は、行きずりの、村にふらっとやってきた薬売りだったそうです。覚真さんの母親は、お腹の子を堕ろそうとしたのだそうです。隣り村に嫁入りが決まっていたそうですからね。でも堕ろせなかった。覚真さんを産んで親戚のおばあさんに里子に出した。だから覚真さんは幼い頃はそのおばあさんと暮らし、おばあさんが亡くなってからは一人で暮らしたのです。それでも、覚真さんは母を恨んだことはない、そうおっしゃっていましたよ」

「……」

「おなかさんがお腹の子を流したりしたら、覚真さんはきっとあなたにがっかりするでしょうね」

「……」

「私もね、おなかさん。もしもあなたが、あの神田川で命を落としていたなら、思いっきりあなたの頬をぶっていたかもしれません」

「先生……」

おなかの目から、堰《せき》を切ったように大粒の涙があふれ出た。

そこへ産婆のおとみが入って来ておなかの枕元に座った。

「お産のことならね、このあたしに任せておきな。きっと立派な赤ちゃんが生まれるようにしてやるから」

そうだ早速出産までの心構えを教えてやるか、などと張り切るおとみを置いて千鶴が部屋を出ると、

「求馬様」

玄関に旅姿の求馬が入って来た。

「千鶴殿、遅くなったが、飛騨まで行った甲斐《かい》があった」

求馬はにこりとして言い、

「覚真が言った話に嘘はなかった。覚真は友人を殺したりしていない。むしろ、おふさという女に有り金全部渡して仏門に入ったことを村人たちは気の毒に思っていた。一方の銀吉、いや、銀蔵は村ではならず者で通っていた。今度の裁きも、このこと、きっと覚真にとっては良い方向に決着がつく」

「まずは一安心です、でもそれを評定所で考慮して下さるかどうか」

「それは間違いない。実はな、飛騨に入ってまもなく、寺社役付きの同心神林《かんばやし》宗一郎《そういちろう》とかいう御仁と一緒だったのだ」

「まあ」

千鶴は驚いた。

寺社役付きというのは、寺社奉行配下の役人で、町奉行所の廻方と捕物出役《とりものしゆつやく》を合わせたような役職で、神官僧侶の犯罪を探索捜査する同心のことである。

「聞き取りは二人で行ったゆえ、神林殿の私見もわかっている。私と変わらぬ意見だった」

求馬の言葉は千鶴を安心させた。

実は一昨日のこと、千鶴は女牢に出向いたが、覚真たちの揚り屋も訪ね、よもぎ餅を覚真の手に渡したが、ずいぶん衰弱しているように見えたのだ。

牢役人の話によれば、ひたすら静かに、祈り続けているのだと言っていた。

よもぎ餅を両掌に載せ、牢格子の外の千鶴に深く頭を下げた姿は忘れられない。

牢舎を出てから後で話を聞いたのだが、覚真はよもぎ餅を膝の上に置き、ほろほろと涙を流していたということだった。

――あんな優しい人たちなのに、命だけは助かってほしい。

それが千鶴の願いだった。

門前から中を覗くと、臨光寺の境内の桜は、若々しい柔らかい葉を茂らせて日の光をいっぱいに受けていた。

鳥が茂る木々の間で鳴いている。

千鶴と求馬は、鳥のさえずりを聞きながら覚真たちが出て来るのを待った。

評定所の裁定は『おかまいなし』だった。

覚真たちは昨日寺に戻っている。

これから三人は長い修行の旅に出ると聞いている。

「千鶴殿」

腕を組んで表門の柱に寄りかかっていた求馬が体を起こした。

三人は墨染めの衣に頭には網代笠《あじろがさ》、杖《つえ》を持って、足は草鞋履きの旅姿であった。

「求馬様、ありがとうございました。あなた様に私たちは助けて頂きました」

覚真たちは求馬に両手を合わせた。

「なんの。達者でな、江戸に戻ったら寄ってくれ」

「はい」

覚真は求馬に深く頭を下げると、千鶴に言った。

「草餅はおいしく頂きました」

「よかった、作った甲斐があります」

「実は、草餅には思い出がありまして」

「……」

あらっという目を千鶴が向けると、覚真はそれに促されるように言葉を継いだ。

「たった一度、私を産んだ母親が会いに来てくれたことがあります。十五歳に私はなっていました。祖母が亡くなってまもなくのことでした。その時母親が持参して私の掌に載せてくれたのが、よもぎ餅だったのです。粟《あわ》のよもぎ餅でした。私は、あれで勇気づけられました」

そう言うと静かにもう一度頭を下げて千鶴と求馬に背を向けた。

千鶴は思わず覚真たちの後ろ姿に手を合わしていた。

側で求馬が呟いた。

「しかしあの男」

そこまで言って口を噤んだ。心の中で呟いた。

――どうしてあんなに女にもてたんだ……。

そして手を合わせている千鶴をちらと見た。

第三話　恋指南

一

まもなく日が落ちようとした頃だった。

バリバリっという派手な音がして、千鶴とお道は振り返った。

回向院門前町に往診しての帰りで、場所は本所元町《ほんじょもとまち》、小料理屋や飲み屋が軒を連ねる両国橋に通じる道筋である。

異変があったのは、櫛比《しっぴ》する飲食店の中の一軒の飲み屋だった。腰高障子と一緒に二人の男が表の路上に吹っ飛ばされてきた。

男二人は紺看板《こんかんばん》（木綿《もめん》の法被《はっぴ》）に腰に木刀一つを帯びた、いずこかの中間《ちゅうげん》だった。

壊れた障子の上で、二人はようやく体を起こした。だが、その目に恐怖が滲《にじ》んでいる。

店の中から腰に大小を差した着流しの総髪の男が、手下四人を引き連れて外に出てきた。

総髪の男は刀は帯びているが、武士とは思えぬ崩れた風情《ふぜい》である。あとの四人も着流しだが、こちらはやくざか何かで、刀は差していないが、いずれも人相が良くない。

総髪の男が兄貴分のようで、壊れた障子の上で震えている二人の側にしゃがみこむといたぶるような口調で言った。

「おら、おめえたち、今なんと言った？……そんな泥っくせえ言葉じゃあ何を言ってるのかわからんぜ」

男は、へたりこんでいる中間の一人の顎《あご》をねじ上げると、面白そうに、ひゃっひゃっと笑った。

すると後の四人も、子供が野ウサギでも追い詰めたような顔で追従《ついしょう》して笑い合っている。

総髪の男は、二人を睨《ね》めつけながら立ち上がった。左手で何かをもてあそんでいる。揉みしだくたびに、掌中の物が、ぐりっぐりっと音を立てる。

「最初から言い直してもらおうか。よく通じる言葉でな」

男は冷笑して二人を見下ろした。

「へい、わ、わしらは山内《やまのうち》の殿様の中間ですきに……そう言うたがです」

「なんじゃその言葉は……山内の殿様だと？……それがどうしたい、殿様の名を出せばこっちが怖《お》じ気《け》づくとでも思ってんのか……馬鹿者、所詮《しょせん》お前たちは、臨時雇いの百姓中間、でかいツラするんじゃねえぜ」

「別にそんなつもりで言うたんと違うちや」

「ちや……う、うるせえ、お前たちみたいな田舎者は目障りだと言ってるんだ」

「申しわけありません。お目障りやったら他で飲みますきに、許してやってつかあさい」

平身低頭の二人である。だが、

「許せねえな」

総髪の男の目が暗い光を放った。

「許してほしければ、その懐中にあるものを、そっくりこっちに寄越しな。おい」

総髪の男は、手下の四人に顎をしゃくった。

途端に四人が二人を囲んだ。

「お許し下さいませ、お許しを」

二人は頭を下げるが、

「大人しく言う通りにしろ！」

手下の一人が、一人の中間の胸倉をつかんだ。

「あわわっ」

怯えながらも懐中をしっかりと押さえる中間に、

「野郎！」

拳骨が中間の頬に飛んだ。

「うわっ」

中間は頬を押さえて突っ伏した。

さらにその後ろ襟に手がかかった。だが、その時だった。

「いててて、何、しやがる」

何者かに腕をつかまれて、手下はしゃがみこんだ。

「乱暴はおやめなさい！」

怒りの声を発して割って入ったのは、他でもない千鶴だった。

「何があったか知りませんが、多勢に無勢、卑怯ではありませんか」

千鶴は、男たちを睨めつける。

「ほう、綺麗な姉ちゃんじゃねえか。その格好じゃ医者らしいが、怪我をしねえうちに帰るんだな」

総髪の男は言うや、いきなり拳骨を伸ばしてきた。

千鶴は、つかんでいた男の腕をねじ上げて突き飛ばすと、飛んできた総髪の男の拳骨を軽くいなして横手に飛んだ。

「！」

当てが外れたらしく、総髪の男が目を剝いた。

「ゆすりたかりは立派な罪」

千鶴は廻りの男を睨めつけて、

「小伝馬町に送られたいのですか」

きっと視線を走らせた。

「女の癖に言いたい放題か。おい、みんな、この女を捕まえろ。楽しませてやるぜ」

総髪の男の言葉に、四人の男たちの目が異様に光った。同時に、千鶴めがけて飛びかかった。

千鶴は、男たちの小手を打ち、足を払い、みぞおちに拳骨を食らわせて男たちの虚勢を削ぐ。

男たちの顔が次第に怯えに変わった。じりじりと遠巻きにするが、尻込みしてなかなか千鶴に飛びかかれなくなった。

それを見ていた総髪の男が怒鳴った。

「てめえら、何怖がってるんだ。たかが華奢《きゃしゃ》な女一人」

だが四人の男たちは、なかなか千鶴に飛びかかれない。

「ええい、退け！……俺がやる。一気にカタ、つけてやる」

なんと総髪の男は、苛立ちが頂点に達したか、帯びている刀を抜きはなった。

「キャー！」

集まっていた野次馬から悲鳴が上がった。

やくざな男の持ち物にしては見たところ立派なこしらえの刀である。男はむしろそれを自慢にしたいのか、仰々しく振りかざして見せた。

「先生、誰か……」

見守っていたお道がまっ青になって辺りを見渡す。誰か千鶴を助けて貰えないかと首を回して人垣に目を遣った時、男の振り下ろした刀が空気を裂く音がした。

「きゃ」

悲鳴を上げたお道が見たものは、男の襲撃を躱《かわ》して体勢を整えた千鶴の姿だった。

野次馬の中から、

「卑怯者！」

声が飛んだ。

「ふん」

総髪の男はにやりと笑うと、奇声を上げて千鶴の頭上に二の太刀を振り下ろした。

「ああっ」

お道は両目を瞑《つぶ》った。

激しい鉄の打ち当たる音がした。

お道がこわごわ目を開けると、

「求馬さま！」

求馬が鉄扇《てっせん》を手に、千鶴を庇《かば》うようにして立っていた。

「弱い者を打ち据え、女に刀を抜くとは、許せぬ。俺が相手をしてやる」

求馬はずいと総髪の前に出た。


「それでどうなったか、説明しなくてもわかるでしょ……浦島様など及びもつかない求馬様のご活躍」

お道はうっとりとして、その時の光景を披露《ひろう》しながらも、亀之助に対する嫌みを忘れない。ついでに、薄笑いを浮かべて、亀之助を見て、猫八を見た。

「ふん、あっという間にやっつけた、そう言いたいんだな」

亀之助が恨めしそうな顔で訊く。

「ええ、そう。えい、やあって。あっちに吹っ飛ばし、こっちの男の手をねじ上げ、えらそうな顔していた兄貴ズラした男には、手元を鉄扇で狙ってバシッ！」

大げさな手真似をして見せる。

「バシッ、ですか」

猫八も思わず身を乗り出す。

お道はおもむろに頷いて、

「ええ。刀を打ち落とし、その喉元に、打ち落とした刀を拾い上げて突きつけたんです。ぐうの音も出ないってのはこのことよね。いや、ぐうって言ったかしら、そうそう言った言った……声が出せなくて代わりに、ぐう」

お道は、腕を振り、声音をつかって、昨夕方の出来事を二人に話すのに余念がない。

「お道っちゃん、いいかげんになさい」

最後の患者を「今お薬をつくりますからね」と送り出した千鶴が、お道を窘《たしな》めると、お道はくすりと肩をすくめた。

もちろん亀之助と猫八の興味が、そこでおさまる筈はない。

「わかります、わかります。うちの旦那じゃそうはいかねえ。我先に逃げちまいます。で、奴らは？」

「我先に逃げました」

「やっぱりね」

「はい。蜘蛛《くも》の子を散らすように……見かけ倒しとはあの事です」

口を引き締めて、きゅっと二人を見ると、

「あんな人たち、放っておいていいんですか。浦島様は定町廻りになったんでしょ」

突然矛先《ほこさき》を亀之助に向けた。

「いや、まだ定町廻り見習いです」

猫八が庇うと、

「お道っちゃんの言う通りだ」

亀之助が俄《にわか》にかしこまった顔をつくって、

「どうやら、そいつらは、近頃よく話に聞く、中間虐《いじ》めの一味だな」

「なんですか、中間虐めって」

千鶴が手を拭きながら訊いた。

「こういう事なんですよ、先生。この江戸にはたくさん中間がおります。幕府直属の中間、大名旗本の中間、陪臣の人たちの中間、それに、参勤交代《さんきんこうたい》でやってくる俄《にわか》中間、それはご存知ですね」

「そういえば、痛めつけられていた中間も、土佐藩《とさはん》山内様の中間だと」

「そこです。世によく言われている浅葱裏《あさぎうら》って言葉がありますが、これは参勤交代で江戸にやってきた田舎侍のことを嘲笑して言っている言葉ですが、中間なかまの間でも差別がありまして、幕府の中間や大名旗本の中間など江戸に暮らしている中間と、俄に参勤交代に駆り出されてやって来た田舎中間との間には目に見えない垣根があるようです」

「でも、乱暴をしていた人たちは中間なのかしら……身なりはふつうの町にいる男の人、もっとも遊び人かやくざのようには見えましたけど、ねえ先生」

お道の言葉に千鶴は頷き、

「一人は大小を差していましたからね。今時の中間は木刀一本腰につけるのが普通でしょ」

どういう身分なのかと、千鶴もふと気になった。

「刀は古道具屋かどこかで買ったのかもしれんな」

亀之助が言った。

「でもそれだって、お侍じゃなければ二本差しは御法度《ごはっと》でしょう」

お道が誰ともなく尋ねると、

「もちろん……とすると、元は侍かもしれぬな」

亀之助はちょっと考えてから、

「とにかく、何かと田舎中間は馬鹿にされ、人の目につかぬところで虐めが横行しております。先月も一人中間が殺されています。よってたかって殴り殺したようですが、誰が殺《や》ったのかわかっていないのです」

「あの人たちはお金を奪われそうになっていましたよ」

千鶴が告げると、

「許せない連中だな、猫八、調べてみるか」

亀之助が言ったところで、千鶴は側にある小引き出しから、直径が半寸ほどのまん丸い玉を一つ取り出して亀之助の前に置いた。

水晶のような石の玉である。取り上げて見ると、外面に龍の絵が彫ってある珍しい代物だ。

「刀を振り回していた男が落としていった物です。何かの役に立つかもしれません」

「ありがたい。行くぞ猫八」

亀之助は玉を握りしめると猫八と威勢良く出て行った。

入れ替わりに求馬が姿を現した。去っていった亀之助たちを振り返って、

「どうしたのだ。あの二人、随分と意気込んでいたようじゃないか」

「昨日の話をしたんです。そしたら、例の連中を調べてみるって」

お道が言い、くすくす笑うと、お茶を淹《い》れてきますと言い、部屋を出て行った。

「千鶴殿、他でもないが」

求馬は、千鶴の側に座ると、

「俺の友人を往診して貰えぬかと思ってな」

本をめくって何かを調べている千鶴の手元を見て言った。

「往診……どこがお悪いのですか」

千鶴は、その手を止めて顔を上げた。

「なんと言っていいのか、説明のしようがないのだ。腹が痛いとか頭が痛いとかいう話じゃない、全身に活力というものが感じられない。ふぬけになってしまったのではないかと母御が心配してな、俺にいい医者を知らぬかと言ってきたのだ」

「わたくしはいい医者などではありませんよ」

「頼むよ、俺が見てもあれは異常だ。あのままじゃあ、あの男、どうにかなってしまうんじゃないかと思ってな」

片手頼みの求馬である。

「困りましたね。今日はとても無理ですし」

「明日でもあさってでもいい」

「わかりました。近いうちにお訪ねしてみます」

千鶴は言った。

二

求馬に案内されて、求馬の友人山本金十郎《やまもときんじゅうろう》の屋敷を、千鶴とお道が訪ねたのは、翌日八ツ（午後二時）頃だった。

千鶴もお道も、今日は小袖姿であった。

藍染《あいぞめ》の袴《はかま》も、もちろん着けてはいない。町家への往診なら気遣いもないが、仮にも旗本の屋敷となれば身なりにも配慮がいる。

白衣は風呂敷に包んで持参していて、むろん小袖も派手な物ではなかったが、それでもいつもの千鶴とは人が違ったような、晴れやかな雰囲気があった。

美しい女二人と同道している求馬も、本人は気づいていないが、少々鼻の下を伸ばしているようだ。

「ここだ」

求馬は、古い長屋門の前で立ち止まった。

場所は深川の本所南割下水《みなみわりげすい》の北側、津軽越中守《つがるえつちゅうのかみ》の屋敷の裏手にあった。

求馬と金十郎とは父の代から親交があるということだったが、山本家は父の代からの小普請組《こぶしんぐみ》で、二百五十石の旗本である。

求馬が戸を叩くと、すぐに戸が開き、中年の下男が出てきた。

「これは菊池さま、奥様が首を長くしてお待ちでございました」

「金十郎の具合はどうだ」

求馬が尋ねると、

「あいかわらずでございます」

下男は眉をひそめて告げ、千鶴たちの先に立った。

求馬に聞いたところでは、屋敷の中に住んでいるのは、金十郎の他には母親の麻須《ます》と老婢《ろうひ》、それに今出迎えてくれている下男だけだという。

無役の下級旗本の屋敷など、もともと質素なものだが、使用人も含めて四人だけの住まいとあって、活気に欠けた閑散とした佇《たたず》まいだった。

門から玄関まで砂利を敷き石畳が続いていたが、両端にある前栽《せんざい》の青葉若葉も心許なく見えた。

玄関には白髪頭の老婢が出てきた。

よっこらしょっと腰を押さえて立ち上がった老婢に、求馬は、

「金十郎の部屋には俺が案内するからいいぞ。お前は奥様に俺が医者を連れてきたと伝えてくれ。もう案じることはない。元気を出されるようにと」

耳打ちすると、千鶴とお道を金十郎の部屋に案内した。

「なんだなんだ、やっぱりまだしけた顔をしているな」

金十郎は黄表紙《きびょうし》らしき本を部屋に取り散らかして寝そべっていたが、求馬が入って行くと、緩慢な動作で起きあがった。

だが、起きあがるには起きあがったが、嬉しいとも迷惑ともつかない物憂げな顔で、

「よう」

聞こえるか聞こえないかというような小さな声で、求馬にちょこんと手を上げただけである。

何の前触れもなしに友人が若い女二人を同道して訪れたのだ。普通ならあたふたするものだが、表情にはこれといった反応もない。物に関心を持たなくなった

老人のようだった。

第一、目に力がなかった。頬の筋肉もたるんでいるし、全身に覇気《はき》というものが感じられない。

なにしろ金十郎という男、肌の色はどちらかというと褐色系で、骨太の、巨漢といってもいい体格をしている。

求馬よりもよっぽど豪快ななりをしているのだが、それが見た限り、虫に食われて中ががらんどうになった大木のようである。

千鶴は一見して、すばやくそんな感想を持った。

「金十郎、今日は俺のいう事を聞いてもらうぞ。こちらはな、医学館の教授だった桂東湖先生の息女、桂千鶴殿だ。腕も確かで評判の医者だ。無理を言って来て貰った。よく診てもらえ」

求馬は、金十郎の前に座ると言った。

すると、はじめて金十郎が迷惑げに眉を寄せた。

「そんな大げさな……医者はいらん」

「まだそんな事を言っているのか。お前が病んでいるのは誰もが認めるところだ。いつまで母御を心配させるつもりだ。放ってはおけぬ」

求馬が声を荒らげた。

金十郎は巨体を縮めて黙った。

その機会を捉えて、千鶴はすいと金十郎の手を取り、脈を診た。

お道が着物をはだける。金十郎は恥ずかしそうに抗《あらが》ったが、千鶴はお構いなしに腹部を触診し、最後に瞼《まぶた》を開けて確かめた。

「どこにもこれといった病の兆《きざ》しは見あたりませんね。でも、決定的な異常がひとつあります」

「……」

そう言われても金十郎の表情は動かない。

驚いた顔をしたのは、求馬だった。

「全身に生き生きとした脈動がないのです。心の虚ろが壮健な体を蝕《むしば》んでいるというか」

「千鶴どの、どういう事だ」

心配そうに求馬が訊く。

「こんな症状の患者さんはこの間も一人見ました。まだ二十歳前の若い人でしたが、恋をして、思い詰めたあげく、心が虚ろになってしまった」

「ちょ、ちょっと待ってくれ」

求馬が声を上げて笑い、

「恋だと……それは見立て違いというものだ。こいつに限って」

言いかけて、ふと金十郎を見遣った求馬は、顔に血を上らせてもじもじしている金十郎の姿に目を見張った。

「おまえ、まさか……」

「求馬、じ、実は、俺には好いた女が……」

「いるのか？」

こっくりと金十郎は頷いた。

「なにい！」

求馬は鳩《はと》が豆鉄砲食らったような顔をするが、

「おぬしに好いた女がいる？」

聞き直した。半信半疑の求馬である。

「だから、お前には言いたくなかったのだ」

金十郎は頬を膨らませる。

「いや、すまんすまん。いままで一度もなかったろう、そんな話は……第一、おぬしは剣術には熱心だが他のことには無頓着《むとんちゃく》で」

金十郎は、ますます頰を膨らませてうらめし気な顔である。それを横目に、

「といっても、剣術はいっこうに上達せん。趣味の域を出ていないのだ」

千鶴に小声で言い、今度は金十郎を気遣ってか、大真面目な顔を金十郎に向け、

「金十郎、お前だとて恋をして悪いわけがない。いや、それは結構な話じゃないか」

「結構なものか。胸がつぶれそうなのだ。唐変木《とうへんぼく》の求馬にはわかるものか」

顔を上げて求馬に言い、ついで千鶴をちらと見た。

その目に光が宿っている。千鶴がそう感じた刹那《せつな》、

「先生、聞いてくれ」

縋《すが》るような目をして千鶴の前に膝を進めた。

「ひと月前のことだ……」

金十郎は、友達に誘われて深川門前仲町の岡場所に行き、『伊那屋《いなや》』という女郎宿に上がった。

伊那屋は岡場所とはいえ、近頃では吉原に負けない女郎がいるという評判の店

だった。揚代も女郎によってはひと晩三両もとるという。

金十郎の友達は、これも旗本で求馬もよく知る岸井常五郎《きしいつねごろう》という旗本で、家禄は求馬や金十郎と変わらないが、ただこの男、下級旗本や御家人たちに金貸しをやっていて実入りがいい。

この日は自身の誕生日で、それで岡場所に付き合えという事になったらしい。求馬はその日は小普請支配に用があって抜けている。

とはいえ、金十郎はその誘いを最初は断った。女を抱いた事がない訳ではないが、ともかく懐《ふところ》が寂しいし、そんな金があれば、母に帯の一本も買ってやりたかった。

金十郎は求馬のように内職に丸薬を作っている訳ではない。暮らしは汲々《きゆうきゆう》としていて岡場所に行くどころではないのだ。

だが、岸井常五郎は、金は俺が出す、お前は付き合ってくれればいいと強く言うものだからついに頷いた。

そうして伊那屋に上がったのだが、その日相手をしてくれた、はぎのという女郎に一目惚れしてしまったのだ。

以後ひと月余り、金十郎は悶々《もんもん》とした日を暮らしているのだと言い、

「俺には岡場所に行く金はない。だが、会いたい。出来れば妻にしたいのだ。せめて俺の気持ちを伝えることが出来たならと……そればかり考えているのだ」

金十郎は、必死の表情で千鶴を見る。

千鶴は言葉に窮した。

それを察した求馬が言った。

「それなら俺が聞いてきてやる」

「駄目だ」

金十郎は大声を出した。

「何故俺では駄目なのだ」

「お前が惚れたらどうなる……お前とはぎのが妙なことになったらどうする」

「馬鹿な、そんな事があるものか、気はたしかか？　まったく、病膏肓《こうこう》とはこのことだな」

「何とでも言え、お前には頼めぬ」

金十郎は求馬を無視して、縋るような眼を千鶴に向けた。

「先生、頼まれて貰えぬものか。先生なら女同士、はぎのも心を割って話してくれる。何、俺が嫌いだというのなら俺はそれで諦める。どうでもはぎのの気持ちを確かめねば、この苦しみから逃れられぬ」

「困った奴だ」

求馬は苦虫を嚙み潰したような顔で腕を組んで友を見た。正直こんなところに忙しい千鶴を連れて来た事を後悔していた。

「お断りします」

千鶴は少し考えてから、きっぱりと言った。

「……」

呆然とした顔で見返した金十郎に、

「ご自分でお確かめ下さいませ」

金十郎の視線を跳ね返して立ち上がった。

荒療治だが、それが一番早く立ち直れる薬だと、千鶴は思っている。

「千鶴どの」

求馬が千鶴を呼び止めたが、千鶴はひとりで玄関に向かった。

ところがそこへ、

「お待ち下さいませ」

先ほどの老婢が千鶴の前に出てきて言った。

「奥様がお会いしたいとおっしゃっております」

結局千鶴は、伊那屋を訪ねることになった。

金十郎の母麻須から、あのあと手をとるようにして、金十郎の願いを受けてやってほしいと頼まれたからである。

麻須は、金十郎が女郎に恋い焦がれて苦しんでいることを、うすうす知っていたのである。

なんとかしてやりたいと思っていたところに、求馬と千鶴たちがやってきたという事らしかった。

いい歳の息子を、いつまでも母親が厳しい説教のひとつもできずに過保護にしているから、自身で女に体当たりも出来ない情けない息子になってしまったんだと、ふと千鶴は頭の中で思ったが、

「私は金十郎どのの継母《ままはは》です」

麻須はそう言った。

意外な言葉に驚いた目を向けると、

「前の奥様がお亡くなりになって後からこの家に入ってきたのです。金十郎どの

はその時十歳でございました。母上母上と私を慕ってくれまして、私は嬉しく思いました。この子のためならどんなことでもしてやりたい、そう決心を致しました。それが今だと考えています」

小さい体に、麻須は母親の思いを漲《みなぎ》らせて、もしも倅《せがれ》の思いがかなうならかなえてやりたい、少しは蓄えもあるのだと言った。

旗本の妻とは思えぬ大胆な言葉に千鶴は正直驚いた。息子が岡場所にいた女を妻にすれば、のちのち不都合なことが起きるかもしれないことは承知の筈だ。しかしそれでも尚、息子の思いを大切にしてやりたいという麻須の熱意にほだされて、つい頷いてしまったのだ。

あとで求馬に相談したところ、麻須自身も町家の出で、いずこかの武家の養女になり、それから金十郎の父の後妻になったというから、金十郎が武家以外の女に心を奪われても、さして驚くこともないのかもしれなかった。

どうあれ、引き受けた以上は、はぎのに会わねばならない。

千鶴が求馬に同道してもらって伊那屋を訪ねたのは、翌日の昼過ぎだった。

店は馬場通りから南に伸びた畳横町《たたみよこちょう》を入って西側にあった。軒を並べている店の中では構えが大きく、伊那屋の前に二人が立つと、二階から通りを覗いていた女郎たちが二人の姿を物珍しそうに見下ろしていた。

求馬はともかくも、女の千鶴がこんな所にやってきたのが気になるようだった。

「はぎのという女《ひと》がいるな」

求馬は玄関で取り次ぎに出てきた男衆に告げた。

「少しお話があるのです。いえね、お店にご迷惑かける話ではございませんから」

千鶴は男衆の手に一分金をすばやく握らせると、求馬と自分の名を告げた。

男衆は少したためらったような表情を見せたが、

「揚げ代はお支払いいたしますから」

千鶴が言うと、

「はぎのさんは一刻（二時間）が二分ですぜ」

にやりと二人の顔を交互に見る。

千鶴が頷くと、男衆は二人を玄関に待たせて二階に駆け上がり、間をおかずして下りて来た。

「どうぞ」

二人は男衆の後について二階に上がり、奥の一室に入った。

「はぎのです。私にお話とは何でしょうか」

二人を迎えたはぎのは、座を勧め、襟を合わせながら訊いてきた。

はぎのは、緋色《ひいろ》の花襦袢《はなじゅばん》に地味な江戸小紋《えどこもん》の羽織を肩からひっかけている。

色は白く、卵形の顔に目鼻の造作も良く、体つきも中肉中背で腰はしっとりとして重みのある風情で、女の千鶴が一見しても、なかなか美しい女であった。

——なるほどな。

金十郎が惚れるのも無理はないなと求馬も内心納得である。

はぎのには、男の心を惹《ひ》きつける謎めいた魅力があった。それは男の欲情をあからさまにそそるような色香とは違う、岡場所には不釣り合いな品のある色気であった。

「単刀直入にあなたの気持ちをお聞きしたくて参りました」

千鶴はそう口火を切ると、求馬と自身の名を名乗り、山本金十郎に頼まれて宿にやって来たことを明かした。

「……」

はぎのは言葉を詰まらせた。大きくため息をつくと、

「ご覧の通り、私は岡場所の女です。金十郎さまのお気持ちは身に余る思いですが、女郎は売り物買い物、私にとってはどのお客さまも大切な方、そのようにお伝え下さいませ」

しっとりとした声だがきっぱりと言った。

「つまり、金十郎には特別な感情は持ってはいないと……」

求馬は、はぎのの顔をじっと見た。

「どなた様も同じです。私にとってはただのお客……」

「……」

やはりそうかと思うものの、求馬ははぎのの身も蓋《ふた》もない返事に憮然《ぶぜん》とした。

心のどこかで金十郎の変わり様を少し楽しんでいる節のあった求馬だったが、こうもあっさり言われると金十郎が気の毒になった。

千鶴もその気持ちは同じであった。

「はぎのさん、こんな事をお聞きするために深川までやってくるなんて、さぞ呆れて迷惑に思っているのでしょうね。でも金十郎さまは私の患者です。あなたの気持ちをしっかりお聞きして、立ち直るきっかけにしてほしい、そう思ったのです。先ほどもお話ししましたように、金十郎さまは、あなたを妻にしたいとまでおっしゃっている」

「ふっ」

はぎのは小さな笑いを漏らして、

「天下のお旗本のご子息が何を世迷《よま》い言《ごと》をおっしゃるのでしょうか。私は女郎です。男に春を売っている下賤《げせん》な女です」

「人を想う気持ちに下賤も何もないのではありませんか」

「先生はわかっていないのです」

「そうでしょうか。あなたは自分の事を下賤といいましたが、すると、あなたに心を奪われた金十郎さまも下賤な人間ということでしょうか……愛に垣根はありません。私はそう思っています」

「……」

「金十郎さまのお母上さまも、金十郎さまの気持ちを大切にしてやりたいとおっしゃっています。あなたの気持ち次第で出来ない話ではないのです」

「先生」

はぎのは苦笑したのち小さく息をつき、

「では、はっきりと私の気持ちをお伝えします。私は金十郎さまの気持ちを煩《わずら》わしく思っています。これまでにもこの宿の前でいったりきたりしているのを見かけましたが」

「ちょ、ちょっと待て。金十郎はここに来ているのか」

「はい。お会いはしておりませんが、宿の者たちの言《こと》の葉《は》にものぼるようになっていまして困っています」

「あいつ」

何もそんなことは言わなかったではないかと苦虫を噛み潰した求馬に、

「これで終わりにして下さい。そうお伝え下さいませ」

はぎのの、にべもない答えが返ってきた。

金十郎の独り相撲《すもう》だったことを、こうまではっきり突きつけられてはなす術がなかった。千鶴と求馬はため息をついて伊那屋を出た。

「ったく」

舌打ちして宿の二階を求馬が振り仰いだ時、下駄の音を鳴らして若い女中が追っかけて来た。

「はぎのさんがお返しするようにおっしゃっています」

女中は一分金ふたつを差し出した。先ほど千鶴がはぎのの部屋を出る時に、置いてきた金だった。

「それから」

女中は、千鶴の手にそれを渡してから、

「はぎのさんには色々と深い事情があるようなんです。気を悪くなさらないで下さいね」

申しわけなさそうな笑みをつくった。

三

「そういう訳だ。もうきっぱりと忘れろ」

求馬は、表情を失った金十郎に告げた。

金十郎はあぐらをかいて千鶴と求馬の報告を呆然として聞いている。息をしているのかしていないのか、それすら心許ないような風情である。

「酷なことを言うようですが、私もそう思います。金十郎さまとは住む世界が違う、そう感じました。いえ、誤解してもらっては困るのですが、お旗本と女郎という身分のことを言っているのではございません。先ほどもお話しいたしましたが、はぎのさんは元お武家の出、伊予《いよ》という名前だそうですが、どうやら何か深い事情があるようですから」

「千鶴どの」

金十郎は俄に顔を上げた。目に異様な光を宿している。

「その、深い事情とは……」

千鶴を見た。

千鶴は首を横に振った。

「訊いてどうするのだ」

求馬が言った。

「決まっている。なんとかしてやりたいのだ」

金十郎が勢いこんで言った。

「いい加減にしろ、金十郎。それじゃあ約束が違うじゃないか。お前は言ったろう……はぎの気持ちを知りたい、その上できっぱりと心のけじめをつけるのだと……だから、忙しい千鶴殿にも一緒に行って貰ったんじゃないか」

「……」

金十郎は、ちらと千鶴を見て小さく頭を下げた。

「いいのですよ、私は……食事も喉を通らない人を前にして見て見ぬふりは出来ませんもの。これはもうれっきとした病、心の病です。拝見したところ、食事もちゃんと摂ってはいないんでしょう。お母上さまもさぞかしご心配のことでしょうね」

「こんな男じゃなかったのにな。こだわりのない豪放な男だと思っていたのに……」

求馬は、ため息をつく。

「くっ……くくっ」

突然金十郎が涙を堪えてうなり声を上げた。二の腕で両目をがしっと押さえて歯を食いしばっている。

「金十郎……かわいそうだが」

話しかけた求馬の声を遮《さえぎ》るように金十郎が叫んだ。

「お前にはわかるものか。唐変木のお前には」

二の腕を目から放して、きっと求馬を睨《にら》む金十郎の顔は、俄に壮絶な色を帯びている。

求馬は大きなため息をついた。そして今度は静かに言った。

「お前には言わないでおこうかと思ったのだが、伊那屋の者に聞いた話では、お前は何度か伊那屋まで行ってるそうじゃないか。しかも店の前をうろうろして……醜態をさらすのもいいかげんにしろ」

「金があれば店にあがっている。上がってはぎのに会っている」

金十郎は激しい声で言い返した。

「俺に怒鳴るのはいい、それで気持ちが少しでもおさまるのならそれでいい。だがな金十郎、あのひとは諦めるのだ。おなごは他にもいるだろう。お前は気づいていないが、もっとお前にふさわしい人がいるかもしれんじゃないか」

「すまん……すまん求馬、それに先生、この通り礼を申す」

金十郎は一転してしおらしい声になった。せわしない感情の起伏に二人はあっ気にとられた。金十郎は弱々しいが、訴えるように呟いた。

「しかしな求馬、俺は今わかったのだ。お前たちの話を聞いていてわかったのだ。はぎのの気持ちがどうあれ、俺が好きなんだと……それは変えようがないんだと」

「相手に不快な思いをさせる事は愛情ではないぞ」

求馬は厳しい声をつい出してしまった。見境もなく豹変《ひょうへん》していく友に情けない思いである。

「そんなことはわかっている」

金十郎は呟くと、千鶴に顔を向けた。

「もう俺を好いてくれなどと、そんな事は望んでいない。ただ」

金十郎は、千鶴に、そして求馬を見て訴えた。

「深い事情があるのだと言ったな。せめて、俺が力になってやれる事があるのなら、そうしてやりたい、それだけだ」

「気持ちはわかりますが……果たして金十郎さまの力でなんとかなるものかどうなのか」

「千鶴どの」

金十郎は膝を千鶴に寄せると、千鶴の手をとらんばかりにして言った。

「どうだろうか、もう一度だけ伊那屋に出向いて貰えぬか。深い事情とやらを探ってきて貰いたい」

「金十郎さま……」

「頼む」

金十郎は臆面もなく両手を大げさに合わせてみせた。

「まったく、あいつにつける薬はなさそうだな」

金十郎の屋敷を出ると、求馬は屋敷を振り返り、苦々しい顔をして呟いた。


亀之助がやって来たのは翌日のことだった。

千鶴は庭に下りて雑草を抜いていた。

桜は葉桜となり、梅の木には無数の実がつき、草は日ごとに根を張り巡らせて、お竹が草を抜くのに苦労しているのを見ていたからだ。

素手では引き抜けないので、近くにあった枝切れを使って掘り起こしていると、

「先生、少しわかってきましたよ」

いきなり背後で声がした。

振り向くと亀之助が近づいて来た。

「千鶴先生に預かったあの玉ですが、なんと清の国で作られたもので、大坂に、難波屋《なにわや》という両替商があるそうなんですが、そこの、隠居の家に二年前に賊が入りましてね。その時に金と一緒に盗まれたものとわかりましたよ」

「すると、あの男はその賊の一味かしら」

「多分……隠居の家に入った賊の手配書が大坂から送られてきていまして……」

亀之助は、懐から一枚の紙を出して千鶴に渡した。

紙は大坂のよみうり屋が出した物で、隠居家に侵入した賊二人について書かれていた。

証言したのはある男と書かれていて名は伏せてあったが、賊は頬かぶりをしていたが、その顔には見覚えがあり、町方に届けたのだと言う。

賊二人のうち、一人は総髪の二本差し、名を又五郎《またごろう》と呼ばれている得体のしれない男で、もう一人は又五郎の手下で三次《さんじ》というならず者だと記してあった。

「証言したのは、名は伏せていますが、あんまだったようです」

「あんま！」

「爺さんの腰をもみに呼ばれていて災難にあったという訳ですが、そのあんまは、二人が暮らす長屋にも出入りしていて、二人を良く知っていたとか」

「でも、目が不自由なのではないのですか」

「やだなあ先生、目明きですよ。商売のために不自由なふりしているあんまです」

「まあ……」

「どうです……先生に斬りつけてきた男と合致しませんか」

「しますね」

「思いがけない捕り物になりそうです」

「すると、居場所はつかんだのですね」

「いえ、それはまだです。今、猫八が走ってくれてます」

「そう……すると、大坂で盗みに入った又五郎が町方に追われて江戸に流れてきて、今度は田舎中間を脅してお金を巻き上げているという事なんですね」

「その通りです。もっとも、強請《ゆすり》だけじゃない、他にも悪いことをやっているに違いない、私はそう見ているんです」

「お手並み拝見、良い知らせをお待ちしていますね」

「こんどこそです。先生、こういう手配書にある男を捕まえた時には報奨金《ほうしょうきん》が出ますからね。うなぎでもおごりますよ」

にやりとする亀之助に、

「捕らぬ狸《たぬき》の皮算用、そうならないようにね、浦島さま」

笑って亀之助を見送ったが、入れ違いに求馬がやって来た。

「金十郎が家におらぬ」

求馬は心配げな顔である。

「俺は多分、深川に行ったんじゃないかと睨んでいる。これから俺も伊那屋に行こうと思っているのだ」

求馬の話では、昨日二人が金十郎の家を退出してまもなく、金十郎は家の者にも何も告げずにどこかに出かけ、今日になっても帰ってきていないのだと言う。

母親の麻須は、こんなことが人に知れたら、山本家はお取りつぶしになるかもしれないと、求馬に助けを求めたのである。

たとえ無役とはいえ、上役にも届けずに勝手に家を空けて外泊を重ねれば、それだけで不届きだとお叱りを受ける。過去には届けもせず物見遊山《ものみゆさん》の旅に出てお家取りつぶしになった旗本や、吉原に居続けていることが知れ甲府勤番《こうふきんばん》となった旗本もいる。

火急の用が出来た時には、声ひとつで将軍をお守りするのが、幕府の旗本御家人なのだ。度がすぎれば痛い目に遭うのである。

「私も参ります。実のところ気になって書物も読めません。それで庭に出ていたのです。今支度いたします」

千鶴は、急いで家の中に入った。

四

「なんとまあ、有名な女先生のお出ましとは驚きましたね」

伊那屋の女将《おかみ》おみさという女は、思っていたよりもきさくな女だった。

玄関で男衆に名を告げて女将に会いたいと伝えると、すぐに女将の自室に上げてくれた。

女将は、長火鉢の前で煙草《たばこ》を吸っていたが、千鶴が入って行くと、一服すいつけてから威勢よくその灰を火鉢の中にたたき落とし、にこりと笑って座を勧めた。

「誰か、お茶淹れておくれ！」

大きな声を出すと、改めて千鶴に顔を向け、

「私の知り合いが米沢町《よねざわちよう》におりますのさ。それまで高い薬礼出してなんとかいう医者に診てもらってたけどちっとも良くならない。噂で先生のことお聞きしてね、それで診てもらったら一遍で良くなったって言ってましたよ。先生覚えちゃおりませんかね、米屋のお稲《いね》さんって人なんですがね」

「お稲さん……血の道で来られた方ですね」

千鶴が微笑《ほほえ》んで答えると、

「そうそう、やっぱり良く覚えて下さってる。それでなくっちゃね、患者も心細くていけませんよ。そのいま言った医者なんて、あんまり患者が多いものだからさ、行くたびに、何処《どこ》の誰べえでございます。これこれこういう病で診て頂いて、なんて自分で言わなくちゃいけない。しかも誰でもその医者に診て貰えるわけじゃない、弟子がね、普段薬礼が少額の人は診るんですよ。医は仁術だなんて、誰が言ったんでしょうかね。薬礼の多寡《たか》で患者を差別してるんですよ。そんな医者にはかかりたくないね。ですからあたしも、具合悪くなったら先生を訪ねようかと思っていたところですよ」

「どうぞ、お待ちしています」

「ところで、はぎの事で何かお尋ねとか」

女将は真顔になって訊いてきた。

「ええ、ここに奉公することになった事情がわかれば有り難いのですが」

「先生、先生は二日前、いや三日前か、はぎのに会いにきたでしょう?」

「ええ、でも」

「その時はぎのはしゃべらなかったんですね。あの子は余計なことはしゃべりませんからね。山本さまだったかしら、山本金十郎さまね、はぎのに熱を上げて下さるのは結構ですが、事情を聞いてどうなさるおつもりなんですかね」

「添いとげることが無理でも、はぎのさんの力になれるものならなりたい、そう言っておりまして」

千鶴は金十郎の重症ぶりを女将に話した。

「私が話せるのは、はぎのさんはおっかさまの為に、ここに来たということだけですね。私もそれ以上のことは知らない。ここに来るような女は皆辛《つら》い事情を抱えていますよ。そんなこと、ほじくりかえして訊いてもどうしようもありませんから、強《し》いて訊かないことにしているんです」

「……」

千鶴は黙って頷いた。

つい金十郎の情にほだされてやって来たが、女将の言うことももっともだった。

「あの子を身請けしたいと言った人は何人もいますよ。でもあの子は首を縦には振らない。普通の女だったら喜んで出て行きますよ。そうしない所に、はぎのの過去の事情がどれほどのものかわかろうというものです。ところがはぎのときたら、身の上についちゃおくびにも出しやしない、意志の固い女です」

女将はお茶を運んで来た女中に、

「彦《ひこ》さんを呼んどくれ」

いいつけた。

すぐに初老の、伊那屋の袢纏《はんてん》を着た白髪頭の男が顔を出した。

「女将さん、ご用はなんでしょうか」

「はぎのだけど、今手が空いてるかい、空いていたらここに呼んでくれないか」

「たったいまお客が入ったところです」

「あっ、そう。じゃご苦労だけど、その客が帰ったらこっちへね」

「承知しました」

初老の男は引き返して行った。

「先生、直接お聞きなさいな。それまでここでお茶でも飲んでお待ち下さい」

女将はそう言うと、ちょいと新しい子が入ったものですからね、すぐに戻りますと言い、部屋を出て行った。

千鶴は大きくため息をついた。

気掛かりなのは家に帰っていないという金十郎のことだった。

この宿に来た形跡はなかった。ここに上がる前に表で店の者に確かめてある。

そこで求馬は、店の前にある蕎麦屋《そばや》で見張ることにしたのだが、果たして金十郎は現れるのか――。

千鶴は、表から聞こえてくる客の声に、金十郎の声を注意深く捜していた。


その頃、はぎのは、あの総髪の男又五郎と対面していた。

はぎのの顔は凍りついたように蒼白になっている。又五郎を見る目は疑心に満ち、言葉を失ったようである。

そんなはぎのを、又五郎はいたぶるような目で見回すと、

「へっへっ、まさかこんな所で会うとはな……あの、鼻っ柱の強かった伊予どのが女郎姿とは、亡くなったお父上どのもさぞかし驚いているにちげえねえ」

ひと膝、はぎのの方に膝を進めた。

「来ないで！」

はぎのは叫ぶ。

「そうはいかねえぜ、伊予さんよ……じゃなかった、はぎのだったな。お前さん

は売り物で俺はその売り物を買った客だ」

「売り物買い物といっても生身の体。お前のような男に誰が……近づいたらただじゃ済みません。大声を出しますよ」

「なに世迷い言を言ってやがるんだ。五年も前ならそう言うがいいさ。大和郡《やまとこおり》山藩《やまはん》十五万一千石の奥医師、笹間藤庵《ささまとうあん》先生のお嬢様だからな」

又五郎は、じりっとまたひと膝寄せた。

はぎのは立ち上がった。

緋色の襦袢の下にちらと覗いた白い足がなまめかしい。

又五郎はそれを舌なめずりするように見て、

「それに引き替え当時の俺は、町奉行所の与力の若党だ。伊予どのにどんなに惚れても鼻もひっかけられなかった訳だ」

「な、何度もお断りしたではありませんか。それを」

「そうだった……ふっふっ、思い出した……あんたを妻に欲しいと下城してくる親父さんを待ち伏せしたことがあったたっけ」

「……」

「俺は土下座までして頼んだんだ。そしたらお前の親父さんは、何と言ったと思う？……俺を虫けらのごとく見て笑った後、若党のくせに恥を知れ、そう言ってあざ笑いやがった」

「……」

「確かに俺は百姓あがりの若党だった。武士の端くれにも入らねえだろうが、俺はあの時主《あるじ》から刀を授かっていた。何の後ろ盾もねえ俺が、与力の家の若党とはいえ、俺にとっちゃあ破格の出世、それをあんたの親父は笑って馬鹿にしたのだ。このまま黙っていられるものか、そう思ったね」

「だから腹いせに父上を貶《おとし》めようとしましたね。神聖な鹿を殺して笹間家の玄関前に捨て置きました。そのために父上はお叱りを受け、心労のあまり病に伏せって亡くなりました」

「ふん、ざまあみろだ。俺を馬鹿にした報いだ。ところがあんたが、俺のことを訴え出たんだ。鹿を殺して門前に置いたのは又五郎で、これまでにも、これこれしかじかだったとな。万事休すだ。俺は鹿殺しで国を追われることになった。あんたのせいだ」

「人のせいにするのはおよしなさい。あなたが鹿を殺して運んでいるのを見た人が現れたのです。それで父上の疑いは解けたのです。そんな卑怯な人間が、武士であるはずがありません」

「うるせえ……言わせておけば言いたい放題」

又五郎はいきなり立ち上がると、後退りしようとしたはぎのの腕を捕まえて引き寄せた。

「止めて！」

はぎのの平手が又五郎の頬に飛んだ。

「何、しやがる」

頬を押さえた又五郎の隙を狙って、

「誰か！……人殺し！」

二階の廊下にはぎのは走り出た。

階下から数人の若い衆が階段を駆け上がって来た。

「ちくしょう、出直しだ。いいか、俺はお前を必ず俺のものにしてやる。覚えておけ」

又五郎は、はぎのを突き飛ばすと、やってきた若い衆の間を割って階下に走り下りた。

「どうしました！」

千鶴が走り上がって来た。女将も千鶴の後から上がってきた。

呆然として座り込むはぎのの側に、千鶴も女将も走り寄った。

「いったいどうしたんだね、この騒ぎは」

「女将さん、申しわけありません。乱暴されそうになってつい」

はぎのは女将に頭を垂れた。

「おまえさんらしくもないじゃないか。あの男、知っている人だったのかい」

「ええ、死んでも許せない男なんです」

「はぎの……あの男と昔何があったか知らないが、お金を払ってもらった以上は大事なお客さんだ。今後は気をつけておくれ」

「申しわけありません」

はぎのが謝ったところで、女将は若い衆を下に追いやった。

その時だった。

「あら、これは……」

千鶴は茶器道具の側に落ちている印籠《いんろう》を見つけて拾い上げた。

黒漆《くろうるし》に光る印籠の腹には、丸に結び雁《かり》がねの文様がある。

「あっ」

千鶴はびっくりして、はぎのを見た。

はぎのが飛びつくようにして印籠を千鶴の手から奪い取ったのだ。

はぎのは、その印籠を穴が開くほど見詰めると、今度はそれに取りつけてある根付《ねつけ》に眼を凝らした。

根付は、猿の顔の彫り物だった。

はぎのの顔は驚愕《きょうがく》の色に染まっている。

「うっ……」

はぎのは次の瞬間、印籠を両手に包むと嗚咽《おえつ》を漏らした。

「はぎのさん、その印籠、あなたと何かかかわりがあるんですね」

千鶴は側に座ると静かに訊いた。

「……」

はぎのはしばらく肩を震わせて泣いていたが、やがて襦袢の袖で涙を抑え、

「この印籠は夫のものです。間違いなく殺された夫が携帯していたものです」

きっと千鶴の顔を見た。

はぎのは、話せば長いことになると前置きしてから、堰《せき》を切ったように話しは

じめた。

「私は、名を伊予と申します。五年前までは、大和郡山藩の藩医笹間藤庵の娘として城下で暮らしておりました……」

ところが奈良町奉行所の与力、戸田市之進《とだいちのしん》の若党川上《かわかみ》又五郎が、家の前をうろついたり、稽古に通う伊予をつけ回すようになった。

又五郎は、藩の用事で出向いて来た戸田市之進の供をして伊予の家を訪れたことがあり、その時伊予を垣間《かいま》見て一目惚れしたらしかった。

まもなく伊予を嫁に貰いたいなどと世間をはばかることなく口にするようになり、困り果てた藤庵は、戸田市之進に又五郎の振舞いを戒めてくれるよう苦言を呈した。

だが、又五郎は傍若無人の若党だった。戸田市之進に戒められると、かえって火をつけられたかのように発奮し、ついには笹間の家に乗り込んできて嫁にくれと直談判に及び、一蹴されると、藤庵の下城を待ち構えては袖をとらえ、応諾するまではここを通さぬなどと暴言を吐くまでになった。

思いあまった戸田市之進は、ついに又五郎を追放したが、又五郎は腹いせに鹿を殺して笹間の玄関先に捨てるという卑劣な手段にでたのだった。

奈良では鹿は神仏の使いとして、むやみに殺すことは禁止されている。

笹間藤庵は蟄居謹慎《ちっきょきんしん》を言い渡された。犯人がわからない以上、自分の玄関先に鹿の死骸を捨て置かれた不始末は、藤庵自身が罪を負うことになったのだ。

だがこの一件は、それまでの又五郎との経緯を伊予が町奉行所に訴えたり、また目撃者が現れたりして、藤庵の罪はまもなく晴れた。

だが、藤庵はあまりの心労に体を壊し、あっという間にこの世を去ったのである。

伊予と母親の多加《たか》は、奈良を出て大坂の叔父の家を頼った。

叔父も医者をしていて、伊予はしばらくその手伝いをしていたのだが、大坂御城代秋山出雲守惟清《あきやまいずものかみこれきよ》の家臣で、家禄百五十石の朝倉源之進《あさくらげんのしん》に見初《みそ》められて祝言を挙げた。二年半前のことである。

伊予は母とともに京橋の城代屋敷内に入り、夫とともにあてがわれた住み家で幸せに暮らしていた。

だが半年も過ぎた頃、源之進は江戸の屋敷への使いを命じられた。

身支度をした夫を京橋の袂《たもと》まで見送ったのが最後、伊予は二度と夫に会うことはかなわなかった。

大坂を出立した源之進が、藤沢の宿場で何者かに殺されたという連絡が来たからだった。

すぐに源之進の遺体を確認するために、同僚の松田徳之助《まつだとくのすけ》が藤沢に向かった。

ひと月後、徳之助から伊予に夫の遺品が渡されたが、大小をはじめ、大切にしていた印籠がなくなっていた。

また、路銀三両と上役から預かっていた五十両も盗られたようだと徳之助は告げた。

伊予と母の多加は、また住み家を追われることになった。

二人は、源之進が死の旅に出た東海道を下って藤沢に赴《おもむ》き、藤沢代官所の役人から当時の話を聞いた。

夫の無惨な最期の姿をつぶさに聞かされた伊予の胸に、下手人への怒りが渦を巻いた。

それで伊予は、江戸に向かうことを決心したのだ。

「雲をつかむような話ではありましたが……」

はぎのは、小さく息をつくと、

「江戸に行けば夫を殺した下手人《げしゅにん》に会えるかもしれない。証拠のひとつもありませんでしたが、そう思いました。この先私が生きて行くとしたら、夫の無念を晴らすことだと、そう思ったのです。途方もない話ですけど……」

はぎのは苦笑した。

ところが、江戸で暮らすようになってまもなくのこと、母親の多加が病の床についた。

昔の元気を取り戻すには朝鮮人参《ちようせんにんじん》を処方するしかないと言われて、

「まずは母の体が大切だと……それで、この宿に奉公することにしたのです。夫の無念を晴らすことは諦めかけておりました。そしたら今日……」

はぎのは、膝の前に置いてあった印籠を取り上げて握りしめた。

千鶴はかけてやる言葉を一瞬失った。伊予のたどった多難の道筋に圧倒されていた。だが千鶴は気をとり直して言った。

「あの又五郎が、どうしてご主人が携帯していた印籠を持っていたかということですね」

「はい」

「あの男なら、やりかねませんね」

千鶴は、又五郎が土佐藩の中間を痛めつけて金を取ろうとしていた話をはぎのにした。

「そういう男です。ダニのような男です」

はぎのは悔しそうに言い、

「夫の敵《かたき》なら……」

はぎのは、印籠を握りしめた。

五

「た、た、たいへんでぇ。だ、旦那はいらっしゃいますか」

金十郎が姿を隠してから五日、その行方を案じていた求馬の屋敷に、出入りの魚屋が飛び込んで来たのは、金十郎探しに出かけようとしていたところだった。

「どうしたんだ、うさぎ。商売道具も持たずにどうしたのだ」

求馬は玄関から門に向かっていたところで、勢いよく飛び込んできた魚屋とぶつかりそうになった。

魚屋は宇佐吉《うさきち》という若者である。求馬はそれを面白がってうさぎと呼んでいるのである。

「魚を担いでいる場合じゃねえ、早いとこ旦那に知らせなきゃあって、商売道具は置いたまま突っ走ってきたんで」

はあはあと息を弾ませている。

「いったいなんだ」

「なんだもあったもんじゃねえ。ちょくちょくこちらでお見かけしておりやした山本さまが、両国東の垢離場《こりば》でひっくりかえっておりやすぜ」

「何！」

求馬は、最後まで聞かずに飛び出した。

垢離場は、橋の東袂から下りた下流のところにあり、岸からは桟橋《さんばし》が伸びていて、その周囲は浅瀬になっている。

ここで、大山詣《おおやまもうで》に願掛けに行くものは、裸になって腰までつかり、

「ざんげ、ざんげ、六根罪障《ろっこんざいしょう》、大峰八大《おしめはったい》、こんごう童子、大山大聖不動明王、石尊大権現、大天狗小天狗」

と唱えながら七日の間に七千の垢離を取る。

垢離とは、神仏に願を掛けるときに水を浴びて身の罪汚れを清めることだが、ただし、両国のこの垢離場で人々が身を清めるのは夏のことだ。

夏は間近とはいえ、水のまだ冷たいこの時期に、大川に体を浸ける酔狂者はいない。

しかも垢離場に入る者は町の者たちで、武士が着物も刀も脱ぎ捨てて垢離を取るとは聞いたこともない。

水につかっている間に、刀や着物を盗られたらどうするのだ。

——切腹ものだ。

本当にあいつの頭はおかしくなったのかと、求馬は両国橋を駆けて橋袂に下りた。

求馬の屋敷は米沢町だから走ればひとっ飛びだ。

「旦那、旦那」

後ろから宇佐吉が追っかけてくるのも振り返らずに垢離場に下りた。

果たして、そこには人だかりが出来ていて、皆の視線の先には、下帯ひとつで仰向けにひっくり返っている金十郎が目に入った。

「ったく」

舌打ちして、

「金十郎、しっかりしろ」

側にしゃがみこんで、金十郎の頬を叩いた。

「うっ……」

金十郎は、うつろな目を開けた。

「どうしたんだ、何をやってる」

求馬は叱りつけた。

「すまぬ、すまぬ。ここで垢離を取れば願いが叶《かな》うかもしれぬと思ったのだが、寒くていかん。五千回の垢離は取ったが、七千は無理だ」

「馬鹿、衣服は……刀はどうした」

「んっ……」

金十郎は朦朧《もうろう》とした体《てい》でしばらく考えていたが、橋桁《はしげた》の方を指さした。

「旦那」

宇佐吉が気をきかして、金十郎が指差したところから、ゴザに包んだ物を持って来た。

くるくると広げてみると、そこに金十郎の衣服と刀があった。

「おきろ！」

呆れて求馬は怒鳴る。

だが、金十郎は、

「腹がへって起きあがれぬ」

泣きそうな声を出した。

「金十郎！」

腹立たしい求馬である。

「求馬、笑ってくれ。叱ってくれ。俺はこうでもしなければ、あの人への思いを断ち切れないと思ったのだ」

金十郎の目には涙が光る。

「あの人のために出来ることは、これしかないと……」

「……」

「それなのに……それなのに……まだ好きだ。こんなに体がへとへとになっているのに好きなんだ。どうしたらいい？　求馬」

金十郎は、水にさらされて皺《しわ》だらけになった指を伸ばして、求馬の手をつかんだ。

「金十郎……」

求馬は、金十郎の手を強くつかみ返して頷いた。

さすがの求馬もじんときた。だらしないと思ってこれまでは叱っていたが、旗本の名を汚すのもいとわずのこの体たらくが、かえって求馬の胸を打ったのだ。

「俺につかまれ」

求馬は言い、金十郎の背中に手を回した。

「そういう訳でな、金十郎はずっと垢離場にいたらしいのだ」

求馬は、玄関に出てきた千鶴に、金十郎の次第を告げた。

「今どうなさっているのですか」

「昼飯を食べ、昼寝をしている。腹が膨れたら急に眠くなったらしい。大いびきをかき家が揺れてる」

「まあ」

千鶴は笑って、

「でも、ほっといたしましたね」

「まったくだ。騒がせてすまなかった」

「いいんですよ。つける薬がないというのはこのことです。わたくしは格別のことは致しておりません」

「とんでもない、千鶴殿に恋病だと見抜いて貰わなかったら、いまだに右往左往しているところだ」

「お気の毒ですが、諦めるほかありませんね」

「ところがその手だてが見つからぬ。薬になるかどうかはわからぬが、明日、金十郎と一緒に藤沢宿まで行ってこようかと思っている。例の事件を、直接宿場役人に聞きに行くのだ。鬱々《うつうつ》として座っているよりはいいかもしれぬと思ったのだ」

失意の金十郎を両国橋の垢離場で見つけたのは今朝のことだ。

あれから求馬は、金十郎を自分の屋敷に連れてきて食事をさせ、昼寝を始めたところで千鶴に報告に来たのだった。

その求馬から、藤沢宿に行くと聞いた千鶴は、

「それはいい考えです」

相槌《あいづち》を打った。

朝倉源之進が死体で発見された時の様子を宿場役人から直接聞けば、何か手がかりがあるかもしれない。

よしんばなかったとしても、はぎのの役に立っている、はぎのに関わる事柄に身を置いているということで、金十郎の気持ちは満たされるかもしれないのだ。

「じゃあ」

求馬は上にも上がらず踵《きびす》を返して帰って行った。

「友達思いなのね、求馬さんて」

お道が求馬の背を見送りながら言う。

「さあ、片づけてしまいましょ」

診療室に引き返そうとしたその時、

「先生、ちょいとそこまで来て頂けませんか」

猫八が、はあはあ言いながら走り込んできた。

「殺しです。検視をお願いしたいのですが」

「場所は？」

「回向院です」

「わかりました、すぐに参ります。お道っちゃん」

千鶴はお道を促して診療室に引き返すと、てきぱきと支度をととのえ、お道とともに猫八に従った。

「先生、あちらです」

猫八は、回向院に入ると、本堂横手の林の中を差した。

ひときわ目立つ杉の大木の根元に、数人の小者や浦島亀之助の姿も見える。

「先生！」

側に近づいた時、一人の中間が走り寄って来た。

「あなたは……」

千鶴は、驚いて見返した。

中間は、あの総髪の又五郎に痛めつけられていた、土佐藩の臨時雇いの中間の一人だった。

「すると殺されたのは……」

「はい、相棒の伝助《でんすけ》でございます」

訴える中間も、頭の髷《まげ》は切られ、額も口元も血だらけで、衣類も血と泥に染まってぼろぼろになっている。

千鶴は亀之助の足下に転がっている中間の側にしゃがんだ。

額が真っ二つに割れていた。

「刀傷ですね。即死です」

千鶴は、哀れな姿となった中間に手を合わせた。そして、千鶴の後ろですすり泣く中間を振り返った。

「あの男ですね」

「はい。わしと伝助は江戸土産《みやげ》にここに見物に来ちょりました。そしたらばったりあの男に……お前たちのせいで酷い目に遭うたと言うて、わしと伝助をこの林に連れ込んで殴る蹴る……たまりかねて伝助は、そこの棒切れを拾って応戦したんです」

中間は、二間（三・六メートル）ほど先に転がっている太い木の枝の切れ端を差した。

「そう、それで刀で殺された、そういう事ですね」

「わしらはなんちゃあ悪いことはしちょりません。この間だってそうでした。それやのに伝助は殺されて、家族のもんになんちゅうて言うたらええのか」

千鶴に縋るように訴える。

「土佐藩の者と判明しましたので使いをやりました。まもなく引き取りに来る筈です」

亀之助が千鶴に言った。

「伝助の敵を討ってつかあさい。わしら田舎中間を助けてつかあさい」

中間は、千鶴に、そして亀之助に頭を下げる。

亀之助も見かねて言った。

「奴は大坂から追われているような悪人だ。俺がきっと捕まえてやる。それから、そなたたちに非のないことは明らか、迎えの藩邸の人には俺からそのように伝えるから安心しろ」

なかなか頼もしい口ぶりの亀之助である。

「それにしても、奴らはどこをねぐらにしているんでしょうね」

猫八が悔しそうな口調で言った。

「あの」

突然中間がはたと気づいた顔で声を上げた。

「なんだ、言ってみろ」

亀之助が訊いた。

「はい、そういえば、伝助を斬り殺して、わしも立てないように蹴り上げてから、こんなことをあの男は言うちょりました。面白くもねえ、河童《かっぱ》で飲み直しだと……」

言った目を亀之助に、そして千鶴に向けた。

「河童……」

亀之助が聞き返すと、中間はこっくりと頷いた。

六

求馬と金十郎が泊まった旅籠《はたご》は、藤沢宿の問屋場の隣にある『松田屋』だった。

代官所の手代が二人を迎えに来てくれたのは、朝食を終え、身支度を調えたところだった。

昨夜五ツ半（九時）、宿の主に役人への橋渡しを頼んだところ、まもなく加川《かがわ》甚兵衛《じんべえ》という男が宿に二人を訪ねてきてくれた。

そこで二人は、二年前に宿場町で起きた大坂御城代家臣朝倉源之進殺害について調べに来たのだと告げると、加川甚兵衛は快く協力すると承知してくれたのである。

「まずは、死体が遺棄されていた現場をご案内します」

玄関の土間に降り立った二人に、甚兵衛は言った。

求馬と金十郎は、甚兵衛の後ろに従った。

「今日は天気がよろしいですが、朝倉さまの遺体が見つかった日は、外は時雨《しぐれ》ておりまして」

甚兵衛は空を仰いだ。

暖かい日差しが、往来を行く人々の頭上に降り注いでいて、宿場は活気に満ちていた。

二年前に朝倉源之進がこの宿場の内で殺された事などなかったような風情である。

「こちらでございます」

甚兵衛は、宿場の西にある松林の前で足を止めた。

松林の獣道を南に進むと海岸に行き着くらしいが、その道を抜けて行く者は地元の人間と決まっていて、松林の中に旅人の影を見ることは珍しいのだという。

陽差しの薄い林の奥を見渡してから、甚兵衛は林の中に入った。

求馬も金十郎も後に続いた。

林を渡る風は生ぬるかった。遠くに鳥の声がした。

歩き始めてまもなく、林の中には、ところどころ大きな穴が開いているのに求馬は気づいた。

問うまでもなく、甚兵衛が説明してくれた。

「ここの土は庭土にいいなどと言って、大八車で持ち帰る者が多くて、これらの穴は、その時に出来たものです」

「ふむ」

ちらと金十郎を見る。

金十郎は宿を出てからひとこともしゃべらなかった。

甚兵衛は少し開けた場所でまた立ち止まると、

「菊池さま」

険しい顔で振り返ったのち、

「御城代さまの御家来は、そこの穴に前屈みになって放り込まれていたのです」

目の前の穴を差した。大人二人が半腰で入ることの出来る程の穴である。

穴には枯れ枝と枯れ葉が風に飛ばされて入ってきたのか、底の土を隠すほどに溜まっていた。

「……」

求馬と金十郎は穴に近づいて底を覗いた。

「死因は、胸を刺された刀傷でした。血が辺りに夥《おびただ》しく……」

そう言うと甚兵衛は辺りを注意深く見回して、

「しばらく血の跡があったのですが……財布も大小も奪われておりまして、無惨な姿でした」

思わず穴に向かって手を合わせた。

求馬も手を合わせたが、寂しい林の中に殺されて捨てられた朝倉源之進のことを思えば、さぞかし無念であったろうと胸塞ぐ思いである。

「妻女と母御が参ったであろう、ここに」

求馬は、枯れ葉に覆われた穴の中を見詰めて言った。

「はい。その時も、どうしてもこの現場を見たいということでしたのでお連れしましたが、御妻女はここでいっとき気を失われまして……」

「……」

金十郎はじっと耳を傾けている。

「何か下手人に繋がる証拠はないものかと仰せでございましたが、その時は本当に何もございませんでしたので、そのように申しました」

「すると何か、その後何かわかったというのか」

求馬は険しい顔で訊いた。

「はい、朝倉さまをここに投げ入れた男を見た者がいたのでございます」

「何、誰だ？」

「海釣りに行っていた爺さんです」

「会わせてくれ、その者に……」

「それが、昨年亡くなりました」

「何、亡くなった？」

「杢助《もくすけ》といいまして、海に魚を捕りにいったり、山に山菜や茸《きのこ》を採りに行ったりして、収穫した物を旅籠に売って暮らしていた爺さんでした。かれこれ七十になると聞いていましたが、風邪をこじらせて床につき、病の重さを知ったのか、代官所の役人に聞いて貰いたい話がある、一年前に起きた殺人の話だと言ってきましたので、急遽《きゅうきょ》、私と、同輩の篠崎益蔵《しのざきますぞう》という男と二人で爺さんの家に出向きました……」

甚兵衛は求馬を、そして金十郎を見た。

「その話、是非にも」

求馬が頼むと、甚兵衛は神妙な顔で頷いた。

甚兵衛と益蔵の向かった杢助の家は、立て場茶屋の横道を入った裏長屋にあった。

加川甚兵衛と篠崎益蔵が訪ねた時には、近隣の中年の夫婦者が枕元に座っていたが、爺さんは薄汚い布団に眠っていた。

杢助には昔女房がいたらしいが、ある日家出をしてそれっきりで、以後杢助は一人で暮らしてきたのだと、夫婦者は言った。

代官所に杢助の頼みを伝えに来たのもこの夫婦で、亭主の名は留吉《とめきち》、女房の名は、おなみといった。

「杢爺さん、お役人が来てくれましたよ」

おなみが、杢助の耳元で大声を上げると、杢助はやおら目を開け、甚兵衛と益蔵の顔を見上げた。

「お、起こしてくれ」

爺さんはおなみに頼むが、

「無理だって、めまいがして話どころではねえってば」

杢助を制した。

「そのままで良い。話してくれ」

甚兵衛は言った。

一年前の事件については何の手がかりもなく、正直代官所として面目ないところであった。

なんとか糸口はないものかと宿場の者たちにも聞き合わせをしてきたところで、杢助の申し出は有り難かった。

息を詰めるようにして杢助の話に耳を傾ける甚兵衛たちに話してくれたのは、次のような話だった。

その日、杢助は釣りを終えて海から引き返して来た。

たいして収穫はなかったが、海までの往復の道中で、タラの芽やセリ、しいたけなども摘むことが出来て上機嫌だった。

これらを旅籠に売れば安酒の一升も買えそうだった。

林を抜ければ街道に出る。足を速めた時だった。

異様な足音を聞いた。大きな獣が何かを追いかけるような、緊張した恐ろしい音だった。

思わず杢助は木の陰に身を寄せると音のする方を見た。

旅姿の凜々《りり》しい武家を、二本差しだが総髪の男が林の中に追ってきたところだった。

「何故《なにゆえ》私を狙う。いったい誰だ」

旅姿の武家は総髪の男と対峙《たいじ》すると訊いた。すると、総髪の男は、

「おまえには気の毒だが、俺がおまえをつけ狙う理由はひとつ、お前が伊予という女を妻にしたからだ」

「何と異なことを言うものかな。一体お前は誰なんだ」

「俺か……誰でもいい。伊予に横恋慕して痛い目に遭った者だ。伊予は俺が女と決めた人だ。俺の伊予を妻にするなど許せん」

総髪の男は、いきなり刀を抜いた。

「無体な……私はお役目途中の身だ。お前など相手にしている暇はない」

旅姿の武家は、その場を離れようとした。だが、

「野郎！」

いきなり総髪の男が斬りつけた。

「何をする」

旅姿の武家は飛び退いた。そして静かに刀を抜いた。

二人は激しく斬り合った。杢助には剣のことはわからないが、それは恐ろしい身の縮むような光景だった。

「うっ」

総髪の男が声を上げると同時に、刀を持つ手が萎えた。

右手から赤い血が滴《したた》り落ちている。

「あわわ……」

杢助は腰を抜かしていた。

杢助のすぐ目の前に、総髪の男の小指が一本飛んできていたからである。指はまだ動いていて、切り口には血が滲んでいる。

「うわっ」

旅姿の武家の声が聞こえて視線を移すと、いつから林の中にいたのか、松の木の陰から町人の男が走り出てきた。町人は懐が垂れるほど何かを抱えていて、それを摑んでは旅姿の武家に投げつけたのだ。

「食らえ！」

男はぼんぼん投げ続けた。石だった。

旅姿の武家は、右に左に体を揺らして男の投石を躱していたが、

「あっ」

小さな声を上げて、仰向けに倒れた。足下がおろそかになって、木の根っこに躓《つまず》いたのである。

「死ね」

すかさず総髪の男が、旅姿の武家の胸に覆い被さるように刀を垂直に突いた。二度、三度、総髪の男は、血がしたたる自分の手も忘れたように刀を振り下ろした。

その音の恐ろしいことといったらない。

杢助は耳を塞ぎ、両目も瞑って蹲《うずくま》っていたが、音が途絶えて顔を上げると、総髪の男が旅姿の武家の体を足で蹴って反応のないのを確認していた。

「おい！」

総髪の男は、町人の男に手伝わせて、旅姿の武家の体を探って財布を抜きとり、ずっしりとした金の包みらしき物を自分の懐におさめ、さらに腰から印籠をひきちぎって取り、最後に二本の刀まで抜き取った。

「ふん、ざまあみろ」

遺体から総髪の男が立ち上がると、町人の男が遺体の両足をずるずると引っ張って近くの穴場まで運び、その穴の中に遺体を蹴り落としたのであった。

杢助は、息を潜めて二人が去るのを待った。

いや、恐ろしくて足が動かなかった。

杢助以外の人の息づく気配が林から消え、風がときおり吹き抜ける他は閑寂《かんじゃく》とした風情を見せるようになってから、杢助はようやく木の陰から這い出した。

まず真っ先に、切り落とされて飛んできた総髪の男の指を見た。

薄気味悪く、杢助はそこから後ずさりすると、今度は旅姿の武家が蹴落とされた穴に近づき、そっと覗いた。

旅姿の武家は、首を穴に突っ伏して死んでいた。

杢助は手を合わせてから、立ち上がると、次の瞬間全速力で林の中を抜け出した。

「杢助は……」

甚兵衛はそこまで話すと大きく息を継いでから言った。

「旅姿の男を殺した者二人は宿場にいるに違いない。もしも自分が一部始終を見ていたなどと届けたら、今度は自分が殺されると思っていたらしく、ずっと誰にも話さずにいたようです。ですが病の重さを悟ってからは、このまま死ねないと思ったらしく、それで代官所に届ける気持ちになったようです」

求馬は神妙な顔で頷いた。

「下手人の指は犬でも咥《くわ》えていったのか、我々が調べたときには、影も形もありませんでした」

甚兵衛がつけ加えた。

金十郎を見ると、金十郎も険しい顔で頷いて聞いていたが、これまでのやみくもにはぎのに熱を上げていたあの情熱が影を潜めているように見えた。

金十郎は、この源之進殺害真相究明の旅に出てから、信じられないほど寡黙《かもく》になっている。

はぎのと呼ばれている伊予の過去を知ることは、金十郎にとっては、それはそれで辛いことに違いない。

だが金十郎は、はぎのの過去を、逃げずに見届けようとしているのであった。

「加川どの」

求馬は、友の顔から視線を甚兵衛に移して訊いた。

「源之進どのは、この藤沢宿に泊まっていたのですな」

「はい。源之進どのを殺した男たちの宿もわかっています。案内しましょう」

甚兵衛は言い、林の外に足を向けた。

七

「なんと、源之進を殺した二人は、源之進と同じ宿に泊まっていたのだ」

求馬は、お竹が先ほど出してくれた菓子餅を頬ばりながら言った。

「宿帳の名はなんと書いてありましたか」

千鶴は、求馬に訊きながら、ちらと求馬の横に座っている金十郎を見遣った。

求馬は気づいていないだろうが、千鶴の目には、金十郎の頬はげっそり痩せこけたように見えた。

「宿帳には、山田権兵衛と友吉とあったな。でたらめだ。でたらめを書くという事は、最初から源之進を狙っていたということだ」

「大坂からつけてきたのですね、きっと」

「うむ。しかもだ。源之進の死体は翌日発見されたのだが、その騒動が宿場町中を襲っているというのに、平気な顔でその後も五日ほど宿に居続けていたというのだ」

「まあ、なんと大胆な」

「自分たちには探索の矛先は向かぬだろうと高をくっていたんだな」

「盗った刀はどうしたのでしょう。もしもお代官の役人が刀に注目していれば、二人が源之進さま殺しの下手人だとわかりそうなものなのに」

「甚兵衛どのの話では、どこかに隠していたんじゃないかというのだ。二人は、自分たちに疑いの目は向けられないと知り、堂々と旅籠を出て、江戸に向かっている」

「二人は、大坂で押し込みをやった川上又五郎と三次、でしょうね」

「おそらく」

「……」

千鶴は大きく息をついた。

事件の状況を知るかぎり、源之進殺しは又五郎と三次に違いない。とはいえ確たる証拠があるとはいえない。印籠が証拠だと突きつけても、拾ったとか貰ったとかどうにでも言いのがれは出来る。

今は亡き老人の実見談が唯一の動かぬ証拠になる筈だが、それだって老人が生きていてこそ相手を追い詰めることができるのだ……。

めまぐるしく思案を巡らせていたが、

——ある。

千鶴は膝を打った。

川上又五郎は源之進を襲った時に右手の小指を落としている。

あの無頼で、凶暴な総髪の男の右手の小指が欠けていれば、それは大きな決め手となる。

「求馬さま」

思いついた顔を上げた千鶴に、求馬もそれを察したらしく頷いて応じたが、その時、

「千鶴先生はいらっしゃいますか」

診療室の庭に、お竹に案内されて小者が姿を現した。見たことのない顔だった。

「あっしは馬喰町の火《ひ》の見櫓下《みやぐらした》の番屋の者でございやすが、浦島の旦那が先生を急いでお呼びしろと申しますので、それで、お迎えに参りました」

と言うではないか。

怪訝《けげん》な顔で求馬と見合わせた千鶴に、小者は告げた。

「三次という男を番屋に引っ張りまして」

「三次とな」

求馬の方が声を上げた。

「へい」

「わかりました。すぐに参ります」

「よし、俺も行こう」

求馬も立ち上がる。すると金十郎も黙って立ち上がった。

馬喰町の火の見櫓は目と鼻の先、まもなく三人は馬喰町の番屋の中で、縄をかけられたちんぴら三次を囲んで座った。

「俺もまんざらではない。いいカン働きをするものだと今度だけは思ったよ」

亀之助と猫八は大得意の顔で三人を出迎えると、

「土佐藩の中間の話にあった、総髪の男が口走ったという『河童』という店を探し当てましてね。なんのことはない、河童はこの馬喰町の馬場の北側にある飲み屋でした。その飲み屋で猫八と張り込むこと三日、今日の昼過ぎでしたが、又五郎の兄貴は来ていないかと言い、店に現れたのがこの男だったんです。それでとっ捕まえてここに連れてきて痛い目に遭わせましたら、三次と名乗りました。三次といえば、大坂から手配書が回ってきたあの事件の片割れではないか、それで先生に使いをやったのです」

続いて猫八が言う。

「この三次は、すぐ目と鼻の先の亀井町の裏長屋で、渡り中間の作蔵《さくぞう》という男と一緒に暮らしているようですが、又五郎は本所の、田丸藩《たまるはん》一万五千石のご隠居宗《そう》伯《はく》様の屋敷に居候しているようです」

「宗伯様といえば」

ちらと求馬は、千鶴の顔に視線を流して言った。

「ずいぶんと物好きなご隠居だという評判だが、まさか罪人を承知で屋敷に入れている訳でもあるまい」

「ええ、でも、いざという時に屋敷の中に逃げ込まれたら手の打ちようがありませんね」

「その時には御奉行に申し出て引き渡してもらうしかありません」

亀之助が苦々しい顔で言い、あっちを向いて人ごとのように聞き耳をたてている三次を見た。

三次はふと見た亀之助と目が合い、またそっぽを向いたが、

「おい、三次、なにもかもしゃべって貰うぞ」

亀之助は厳しい顔で睨みつけた。

その時を待っていたように、今度は猫八が三次の胸ぐらをつかむと、その耳元にドスの効いた声を投げた。

「おい、三次、こちらの尋ねに正直に答えてくれたら、おめこぼし下さるように頼んでやってもいいんだぜ。嘘八百を並べたり口を噤《つぐ》んで答えなかったりしたら、その時はわかってるな。重い罪が待ってるってことよ」

「ご、ごかんべんを……正直にお話しいたしやす」

青い顔をしてうなだれた三次の話は、おおよそ今までに千鶴や求馬が推測していた通りだった。

二人は大坂で押し込みに入って追われる身となったが、丁度伊予の夫が江戸に赴くというのを知り、後を尾《つ》けたり、先回りしたりして、どこで殺そうかと考えていたらしい。

藤沢の宿では同宿して様子を窺ってから、又五郎は三次を使って伊予の名を出し、源之進をあの林に呼び出したのだ。

源之進を殺し、持参していた金を奪い、印籠は又五郎が気に入って腰につけることにしたのだが、刀は品川の宿の質屋に入れて金に換えたということだった。

すべて、伊予への執着がさせるのだと、これは又五郎本人の口癖だったと三次は吐いた。又五郎の伊予への想いが妄執となり、源之進殺害に及んだのだ。

凝然として聞いていた金十郎が不意に立ち上がった。

「はぎのに、伊予どのに知らせる」

「待って下さい。私も参ります」

千鶴も立ち上がった。だが、

「頼む、俺一人に行かせてくれぬか」

金十郎の顔には固い決意がうかがえる。

「……」

千鶴は、じっと見て頷いた。

金十郎は口元を引き締めると神妙な足取りで出て行った。

「はぎのはいるな」

ものものしい顔をした金十郎は、伊那屋の玄関に入ると出てきた若い衆に告げ、返事も聞かずに二階に駆け上がった。

「お待ち下さい。困ります」

若い衆は金十郎の背に叫んだが、すぐに、

「女将さん、女将さん」

女将を呼びに行ったようだ。

「はぎの、開けるぞ」

金十郎は、はぎのの部屋の戸を開けた。だがそこで立ちつくす。

部屋には誰もいなかった。

引き返そうとする金十郎に、

「まったく、どうしたって言うんですか」

女将が、えっちらおっちらと若い衆と階段を上がって来た。

「お侍さん、勝手なことされちゃあ困りますよ。野暮はおやめ下さいましな」

「すまん、急を要するのだ。俺は山本金十郎という者」

「山本さま……ああ、あの」

驚いた顔で口をあんぐり開けて見詰める。なにしろ、はぎのに横恋慕する侍だとして店では散々噂になっていた人物である。

友人や医者を使いにこさせて気持ちを打ち明けるとは、なんとも意気地のない侍よと笑っていたのが、目の前に現れた男を見るかぎり、逞《たくま》しい肌の色をした剣にも強そうな男である。

「夕方までお待ち下さいな。はぎのはお客と外なんです。六ッ（午後六時）にはここに戻して貰う約束ですから」

「六ッか」

金十郎は呟いた。馬喰町の番屋からこの深川まで急ぎ足で、しかも心を急かされてやって来た。力が抜ける思いだが、

「女将、客はまさか、又五郎とかいう男ではないだろうな」

気を取り直して女将に訊く。

「ええ、違いますね」

「何処に行ったのだ」

「旦那……」

女将はあきれ顔である。

「俺は、俺のわがままのために訊いているのではない。はぎのの大事だ。むやみに外に出ては、又五郎に狙われるかもしれぬ」

「狙われる?」

　不安な色を女将は浮かべる。

　その手を金十郎は突然取ると、懐から袱紗《ふくさ》に包んだ物を取り出して握らせた。

「二十両ある。これで、はぎのを自由にしてやってもらえぬか。自由にだ。俺にも誰にも束縛されぬ自由の身だ」

　金は養母から金十郎の気の済むように使えと貰ったものだった。

「旦那……」

「教えてくれ、何処に行くと聞いているのだ」

「ふっ」

　女将は笑みを漏らすと、

「負けましたね、旦那には。はぎのをそこまで想ってくれてるなんて」

　金十郎の手に二十両を押し返し、

「あの子を自由にするには、この倍のお金が必要ですよ、旦那……でもね、あの子の行き先はお教えします。はぎのは、船で根岸に行くと行ってました。藤の花を見に行くのだと」

「藤の花だと……すると、円光寺か」

金十郎は店を飛び出した。

十五間川《じゅうごけんがわ》に出ると、川筋で休んでいた猪牙舟《ちょきぶね》の船頭を捕まえて、

「根岸まで行ってくれ。金ははずむぞ」

猪牙舟に飛び乗った。

八

世に藤の寺というはこの寺なり
枝の長さは三尺四尺
つややかなりし艶美なり
藤の花色　恋の色

総勢二十人ほどの娘たちが、藤の花を染め抜いた衣装に身を包み、紫の扇子《せんす》もよろしく優雅に舞う。

藤棚は円光寺の庭をぐるりと巡るように有り、その長さは二十七間（およそ四十九メートル）、まるで華やかな舞台そのものだ。

棚の向こうには広い池が見え、その向こうは趣きよろしく松をはじめ雑木の林が見える。

はぎのも美しい小袖に身を包んで、材木商信濃屋《しなのや》の主惣兵衛《そうべえ》と並んで座り、美しい重箱を開いて酒を飲みながら藤の舞を眺めている。

年に一度の藤祭りに、惣兵衛ははぎのを誘ってやって来ていた。

集まった客の多くは富裕の者で、多額の寄付を積んで席を確保した者ばかりである。

「どうだね、はぎの。一度よく考えてもらえないか」

惣兵衛は、はぎのの酌を受けながら、はぎのの白い横顔を見た。

四十は過ぎている大店《おおだな》の主である。恰幅《かっぷく》もよく品のいい男だが、はぎのを見る目には、一通りではない情愛が窺える。

「有り難いお話ではございますが、心に残るものがあります。それをそのままかかえてお世話にはなれません」

はぎのは、ちらと惣兵衛を見て笑みを浮かべた。

「そうか……女房にするというのならともかく、囲い者は嫌か」

「いいえ、そういう訳ではありません」

「はぎの……」

惣兵衛は、はぎの膝に手を伸ばした。未練たっぷりに膝の上のはぎのの手を握りしめた。

その時だった。

「きゃー」

悲鳴が起こった。同時に惣兵衛が突き飛ばされた。

「来るんだ」

はぎのの手をひっつかんだ者がいる。

「又五郎……」

はぎのは、思わず驚愕の声を上げた。

「来い！」

又五郎ははぎのを抱えるようにして寺の庭から表に向かった。

「待て、待ってくれ」

惣兵衛がよろよろと起きあがったが、

「あ、あんたたちは」

驚愕した目で見た面前に、三人の男が立ちはだかっている。

「騒ぐんじゃねえ」

そのうちの一人が懐に手を遣り匕首《あいくち》の柄をつかんだ。

「信濃屋さま！」

はぎのは一度振り返って叫んだが、又五郎に引っ張られて寺の外に消えた。

「お放しなさい、放して！」

抵抗するはぎのを、又五郎はずるずると引きずって行き、くいな橋側にある百姓小屋の中に突き入れた。

「何をするのです」

土間の中に転がったはぎのは、後退りする。藁《わら》や筵《むしろ》や、鍬《くわ》や竹籠《たけかご》など作業道具が無造作に入れてある。

「あんたは俺の物だ、誰にも渡さねえ」

又五郎は、いきなりはぎのの胸をつかんだ。だが、次の瞬間、声を上げて後ずさる。

はぎのが、密かに帯の後ろに携帯していた懐剣を引き抜いたのだ。はぎのはすばやく立ち上がると、

「この時を待っていました。人の目にさらすような機会がくれば、きっとお前は

現れると……」

「なに！」

「私の尋ねることに答えなさい。お前は、私の夫を殺しましたね」

「ふん、知らんな」

「あの印籠はどうしました、あれは夫が携帯していたものですよ」

「質流れを手に入れたんだ、それがどうした」

「嘘をおっしゃい！　この期に及んでまだそんな白々しいことを」

「うるせえ！」

又五郎は、はぎのに歩み寄った。異様に目が光っている。

「質流れとはよく言ったものだな」

その時、声とともに戸口に立った者がいる。金十郎だった。

「誰だ」

又五郎が金十郎の姿に眼を凝らした時、

「金十郎さま」

はぎのは、一瞬の隙をついて又五郎の脇をすり抜けると、金十郎の側に走り寄った。

「無事で良かった」

金十郎は太い腕でしっかりと、はぎのを抱きとめた。それから、抜刀した又五郎を見据えてぐいと前に出た。

「藤沢宿で伊予どののご亭主を殺した一件、目撃した者の動かぬ証言があるぞ、観念しろ」

「へえ、そうかい。じゃあ、どこのどいつか知らねえが、ここに連れてきてもらおうか」

「小指を見せてみろ。お前の右手の小指は、あの時源之進どのに斬り落とされた筈だ」

「……」

又五郎は思わず右手の小指を庇う動きを見せた。

「やはり間違いないな。はぎのどの、いや伊予どの、この男をどうする……敵を討つなら加勢もするが、御奉行所に渡しても良いのではないかな、必ず死罪となる筈だ」

金十郎は刀を抜いた。

しかし、はぎのは懐剣を構え直して金十郎の前に進み出た。

はぎのは思い詰めた声を上げた。

「くそっ、そうまで言われては」

又五郎が伊予めがけて襲いかかって来た。肩を膨らませて突進してきたのだ。

だが金十郎が伊予の前にすばやく飛び出し、又五郎の一打を力任せに跳ね返した。まるで大木を跳ね返すような金十郎の膂力《りょりょく》だった。

どすんと鈍い音がして、又五郎は一間も後ろに突き飛ばされたが、すぐに体勢を整えて上段に構えて立った。

「今度はこっちから行くぞ」

金十郎は、頭の内を駆けめぐる雑念を振り払って叫んだ。

なにしろ敵討ちは、藩に公に認められてこそ許される。その書状を御奉行所に提出し、この江戸で刀を交える事の届けも必要だ。

だが伊予は、それらの手続きを経ている訳ではなく、この目の前の斬り合いがただの刃傷沙汰《にんじょうざた》だととられれば、罪を問われることだってあるのである。

金十郎はそんな危惧を一挙に捨てた。又五郎は金十郎の気迫に圧されながらも地を蹴って突進してきた。

「この手で敵を……」

金十郎は半身になってこれを受け流し、又五郎の小手を叩き上げた。この一撃が、又五郎の刀を二間も向こうに跳ね飛ばした。上段に構えた金十郎の剣の下で、又五郎の身が凍りついたように動かなくなった。その又五郎目がけて、

「夫の敵」

伊予が飛び込もうとしたその時、

「それまでだ！」

求馬が千鶴と走って来た。

「伊予どの、もうよかろう。この男は俺が御奉行所に渡そう」

「ご亭主の源之進様もきっと同じことをおっしゃる筈です。はぎのさん、法の裁きにお任せなさいませ」

「……」

はぎのはへなへなとそこに座り込んだ。

「はぎのさん……」

千鶴ははぎのの側に腰を落とした。

はぎのは、はらはらと落ちる涙を拭おうともせず泣いた。

そのはぎのが、すっかり姿を変えて治療院にやって来たのは、御奉行所に渡した又五郎の罪科が亀之助によって知らされた後だった。

髷を武家の婦人のそれに結い、小袖の着物に帯には懐剣を差し、薄化粧をして現れたその姿は、金十郎でなくてもほれぼれするような景色である。

「千鶴先生には本当にお世話になりました」

はぎのは深く頭を下げると、女郎屋から解放してくれたのは、他ならぬ御奉行所の裁断だったのだと告げた。

「女郎に落ちてまで夫の敵を討とうとしたその心根に感心した。御奉行様はそう申されて……」

伊那屋の女将には、これ以上宿に置くことならずとお達しが出て、はぎのは亡き朝倉源之進の妻伊予に戻れたというのであった。

「よかったこと、これからどうなさるおつもりですか」

縁側に腰掛けた伊予に、お茶を振る舞いながら千鶴は訊いた。

「ええ、品川の知り合いに母を預けております。その母と大和に帰ろうかと……」

「そう」

千鶴の脳裏には、きっと落胆するに違いない金十郎の顔がちらと浮かんだ。

いや、それより金十郎がこの場にいなくて良かった。こんな美しい伊予の姿を見れば、いったん静まった金十郎の胸中がまたどうなることやら。

伊予は、大和の昔住んでいた町で、丸薬でも造りながら暮らしを立ててみようと考えているのだと言い、お別れに参りましたと頭を下げた。

「お気をつけて」

門前まで見送りに出た千鶴に、行きかけて戻って来て伊予は言った。

「金十郎さまにお伝え下さいませ。もしも生まれ変わってお目にかかることが出来たなら、その時にはきっと、伊予はそう思っていますと……金十郎さまのお幸せを、大和からお祈りしておりますと」

「きっと……」

千鶴は、昂揚したように輝く伊予の顔に頷いた。

この作品は双葉文庫のために書き下ろされました。

双葉文庫

ふ-14-06

藍染袴お匙帖《あいぞめばかまさじちょう》

恋指南《こいしなん》

2010年6月13日　第1刷発行
2023年9月 1日　第8刷発行

【著者】
藤原緋沙子《ふじわらひさこ》

【発行者】
箕浦克史
【発行所】
株式会社双葉社
〒162-8540 東京都新宿区東五軒町3番28号
［電話］03-5261-4818(営業部)　03-5261-4833(編集部)
www.futabasha.co.jp(双葉社の書籍・コミックが買えます)
【印刷所】
株式会社亨有堂印刷所
【製本所】
株式会社若林製本工場
【カバー印刷】
株式会社久栄社

【フォーマット・デザイン】
日下潤一

ISBN978-4-575-66445-4 C0193
Printed in Japan

藤原緋沙子　著作リスト

	作品名	シリーズ名	発行年月	出版社	備考
1	雁の宿	隅田川御用帳	平成十四年十一月	廣済堂出版	
2	花の闇	隅田川御用帳	平成十五年　二月	廣済堂出版	
3	螢籠	隅田川御用帳	平成十五年　四月	廣済堂出版	
4	宵しぐれ	隅田川御用帳	平成十五年　六月	廣済堂出版	
5	おぼろ舟	隅田川御用帳	平成十五年　八月	廣済堂出版	
6	冬桜	隅田川御用帳	平成十五年十一月	廣済堂出版	

藤原緋沙子　著作リスト

7	春雷	隅田川御用帳	平成十六年　一月	廣済堂出版	
8	花鳥		平成十六年　四月	廣済堂出版	四六判上製
9	恋椿	橋廻り同心・平七郎控	平成十六年　六月	祥伝社	
10	夏の霧	隅田川御用帳	平成十六年　七月	廣済堂出版	
11	火の華	橋廻り同心・平七郎控	平成十六年　十月	祥伝社	
12	紅椿	隅田川御用帳	平成十六年十二月	廣済堂出版	
13	雪舞い	橋廻り同心・平七郎控	平成十六年十二月	祥伝社	
14	風光る	藍染袴お匙帖	平成十七年　二月	双葉社	

15	夕《ゆ》立《だ》ち	橋廻り同心・平七郎控	平成十七年　四月	祥伝社	
16	風蘭	隅田川御用帳	平成十七年　六月	廣済堂出版	
17	遠花火	見届け人秋月伊織事件帖	平成十七年　七月	講談社	
18	雁渡し	藍染袴お匙帖	平成十七年　八月	双葉社	
19	花鳥		平成十七年　九月	学研	文庫化
20	照り柿	浄瑠璃長屋春秋記	平成十七年　十月	徳間書店	
21	冬萌え	橋廻り同心・平七郎控	平成十七年　十月	祥伝社	
22	雪見船	隅田川御用帳	平成十七年十二月	廣済堂出版	

藤原緋沙子　著作リスト

23	春疾風《はやて》	見届け人秋月伊織事件帖	平成十八年　三月	講談社	
24	父子雲	藍染袴お匙帖	平成十八年　四月	双葉社	
25	夢の浮き橋	橋廻り同心・平七郎控	平成十八年　四月	祥伝社	
26	潮騒	浄瑠璃長屋春秋記	平成十八年　七月	徳間書店	
27	白い霧	渡り用人片桐弦一郎控	平成十八年　八月	光文社	
28	鹿鳴《はぎ》の声	隅田川御用帳	平成十八年　九月	廣済堂出版	
29	紅い雪	藍染袴お匙帖	平成十八年十一月	双葉社	
30	暖《ぬくめ》鳥《どり》	見届け人秋月伊織事件帖	平成十八年十二月	講談社	

31	桜雨	渡り用人片桐弦一郎控	平成十九年 二月	光文社	
32	蚊遣り火	橋廻り同心・平七郎控	平成十九年 九月	祥伝社	
33	さくら道	隅田川御用帳	平成二十年 三月	廣済堂出版	
34	紅梅	浄瑠璃長屋春秋記	平成二十年 四月	徳間書店	
35	漁り火	藍染袴お匙帖	平成二十年 七月	双葉社	
36	霧の路	見届け人秋月伊織事件帖	平成二十一年二月	講談社	
37	梅灯り	橋廻り同心・平七郎控	平成二十一年四月	祥伝社	
38	麦湯の女	橋廻り同心・平七郎控	平成二十一年七月	祥伝社	

39	密命	渡り用人片桐弦一郎控	平成二十二年一月	光文社
40	日の名残り	隅田川御用帳	平成二十二年二月	廣済堂出版
41	恋指南	藍染袴お匙帖	平成二十二年六月	双葉社

池波正太郎　熊田十兵衛の仇討ち　時代小説短編集

熊田十兵衛は父を闇討ちした山口小助を追って仇討ちの旅に出たが、苦難の旅の末に……。表題作ほか十一編の珠玉の短編を収録。

池波正太郎　元禄一刀流　時代小説短編集〈初文庫化〉

相戦うことになった道場仲間、一学と孫太夫の運命を描く表題作など、文庫未収録作品七編を収録。細谷正充編。

今井絵美子　寒さ橋　すこくろ幽斎診療記　時代小説〈書き下ろし〉

ぶっきらぼうで大酒飲みだが滅法腕の立つ町医者杉下幽斎。弱者の病と心の恢復を願い、今日も江戸の街を奔走する。シリーズ第一弾。

岳真也　浅草くれない座　押しかけ呑兵衛御用帖　長編時代小説〈書き下ろし〉

酒好きの素浪人・新垣廼兵衛は、一刀流の達人。江戸を騒がす難事件の数々を、酔いどれ呑兵衛がのらりと解き暴く。シリーズ第一弾。

岳真也　藍染めしぐれ　押しかけ呑兵衛御用帖　長編時代小説〈書き下ろし〉

染物問屋の一人娘と恋仲の屋台の物売りが、博徒らの縄張り争いに巻き込まれ命を落とした。呑兵衛は事件の背後を探る。シリーズ第二弾。

岳真也　浅き夢みし　押しかけ呑兵衛御用帖　長編時代小説〈書き下ろし〉

従兄の仇討ちの助太刀を頼まれた呑兵衛は、三十年ぶりに郷里の京都へ。だが従兄の遺児は仇を追って江戸へ発っていた。シリーズ第三弾。

風野真知雄　消えた十手　若さま同心　徳川竜之助　長編時代小説〈書き下ろし〉

市井の人々に接し、磨いた剣の腕で悪を懲らしめたい……。田安徳川家の十一男・徳川竜之助が定町回り同心見習いへ。シリーズ第一弾。

風野真知雄

若さま同心　徳川竜之助
風鳴《ふうめい》の剣
長編時代小説〈書き下ろし〉

見習い同心の徳川竜之助は、湯屋で起きた老人殺しの下手人を追っていた。そんな最中、竜之助の命を狙う刺客が現れ……。シリーズ第二弾。

風野真知雄

若さま同心　徳川竜之助
空飛ぶ岩
長編時代小説〈書き下ろし〉

次々と江戸で起こる怪事件。事件解決のため、日々奔走する徳川竜之助だったが、新陰流の正統をめぐって柳生の里の刺客が襲いかかる。

風野真知雄

若さま同心　徳川竜之助
陽炎の刃《やいば》
長編時代小説〈書き下ろし〉

犬の辻斬り事件解決のため奔走する同心、徳川竜之助を凄まじい殺気が襲う。肥前新陰流の刺客が動き出したのか……？　大好評シリーズ第四弾。

風野真知雄

若さま同心　徳川竜之助
秘剣封印
長編時代小説〈書き下ろし〉

スリの大親分さびぬきのお寅は、ある大店の主の死に不審なものを感じ、見習い同心の徳川竜之助に探索を依頼するが……。大好評シリーズ第五弾。

風野真知雄

若さま同心　徳川竜之助
飛燕《つばくろ》十手
長編時代小説〈書き下ろし〉

江戸の一石橋で雪駄強盗事件が続発した。履き古された雪駄を、なぜ奪っていくのか？　竜之助が事件の謎を追う！　大好評シリーズ第六弾。

風野真知雄

若さま同心　徳川竜之助
卑怯三刀流
長編時代小説〈書き下ろし〉

品川で起きた口入れ屋の若旦那殺害事件を追う竜之助。その竜之助を付け狙う北辰一刀流の遣い手が現れた。大好評シリーズ第七弾。

風野真知雄

若さま同心　徳川竜之助
幽霊剣士
長編時代小説〈書き下ろし〉

蛇と牛に追い詰められ、橋の欄干で首を吊る怪事件が勃発。謎に迫る竜之助の前に、刀を持たずに相手を斬る〝幽霊剣士〟が立ちはだかる。

風野真知雄

若さま同心　徳川竜之助

弥勒《みろく》の手

長編時代小説
〈書き下ろし〉

難事件解決に奔走する徳川竜之助に、「人斬り半次郎」と異名をとる薩摩示現流の遣い手中村半次郎が襲いかかる。大好評シリーズ第九弾。

風野真知雄

若さま同心　徳川竜之助

風神雷神

長編時代小説
〈書き下ろし〉

左手を斬り落とされた徳川竜之助は、さびぬきのお寅の家で治療に専念していた。それでも、持ち込まれる難事件に横臥したまま挑む。

佐伯泰英

居眠り磐音《いわね》　江戸双紙33

孤愁《こしゅう》ノ春

長編時代小説
〈書き下ろし〉

今津屋の御寮がある小梅村に身を移した佐々木磐音とおこん。田沼一派の監視の眼が光る中、新たな刺客が現れる。シリーズ第三十三弾。

佐伯泰英
著・監修

「居眠り磐音《いわね》　江戸双紙」読本

ガイドブック
〈文庫オリジナル〉

「深川・本所」の大型カラー地図をはじめ、地図や読み物満載。由蔵と少女おこんの出会いを描いた書き下ろし「跡継ぎ」（シリーズ番外編）収録。

津本陽

名臣伝

長編歴史小説

弱冠十七歳で紀州藩の祖となった徳川頼宣を、剣と知を尽くして守った男たちがいた。市川門太夫ら名将十四人の壮絶な生き様を辿る傑作歴史小説。

早瀬詠一郎

朝帰り半九郎

雨晴れて

長編時代小説
〈書き下ろし〉

旗本の三男坊・調半九郎は美丈夫で鳴らす男。気ままな暮らしを楽しんでいたが、ひょんなことから陰の与力より十手を受けることになる。

早瀬詠一郎

朝帰り半九郎

待宵すぎて

長編時代小説
〈書き下ろし〉

諏訪図書頭忠勝に町医者・友楽の探索を命じられた調半九郎は、水子の霊をかたって女を騙す裏の顔をつきとめる。好評シリーズ第二弾。